밤의 가스파르

밤의 가스파르

유 애 숙 소설

문이당

작가의 말

먹는 것에 진심이다. 맛집 정보와 요리 꿀팁에도 관심이 많다.

그래서인지 글을 쓸 때 생각의 머리맡에 두는 게 요리연구가의 조언이다. 음식에 굳이 나트륨이나 설탕을 많이 쓰지 않고도 양파즙, 레몬즙, 허브 같은 천연 향신료로 맛있는 저염식 저당식의 음식을 만드는 것이다. 그런 음식은 첫술엔 다소 밍밍할지 몰라도 먹을수록 재료 본연의 깊은 맛과 향을 느낄 수 있다. 내 글쓰기의 지향점이기도 하다.

저당의 감성과 덜 맵짠한 스토리로 감칠맛이 폭발하지 않더라도 음미할수록 끌리며 본연의 맛과 향을 느낄 수 있는 그런 글을 쓰고 싶다. 그래서 고단한 누군가의 소울푸드에 슬쩍 낄 수 있다면 더 바랄 게 없다.

아직도 진행 중인, 코로나19로 인한 2년여의 사회적, 관계적 거리 두기로 우리의 마음은 더없이 메마르고 추워졌다. 웃음이 줄었다. 어쩌면 웃는 법마저 잊어버렸는지 모른다. 내 글이 메마른 일상을 적시는 물뿌리개 역할이라도 할 수 있기를, 추운 마음결에 작은 손난로라도 되기를, 그리고 잊었던 웃음 근육을 재활하는 데 기여하기를 소망한다.

첫 소설집에 이어 두 번째 소설집을 내주신 문이당과 해설을 맡아주신 오태호 선생님께 고마움을 전한다.

2022년 4월

유 애 숙

차례

밤의 가스파르

밤의 가스파르

시원하게 트인 카페의 전면 창으로 호수공원이 한눈에 내려다 보였다. 12월의 여윈 숲을 배경으로 길게 누운 호수는 그가 신상품개발팀에서 지난달에 출시한 휴대폰의 컬러와 흡사했다. 스모크 블루, 현대인의 고독과 우울을 상징하는 색이다. 그녀는 무슨 색깔일까. 그는 호수 위로 가만히 눈길을 내려놓았다.

어머니의 성화만 아니었다면 우울한 낮잠으로 흘려보냈을 토요일 오후였다. 낮잠에 무슨 우울과 명랑의 구분이 있을까마는 그처럼 홀아비가 되고 나면 모든 행위에 우울이라는 수식어가 따라온다. 우울한 식사, 우울한 퇴근, 우울한 잠…….

"어지간하면 1년은 넘길 작정이었다만, 도저히 안 되겠구나."

석 달 전, 지독한 감기몸살로 온몸이 불덩이가 되어 병원 응급실에 누워있던 그를 침통하게 내려다보던 어머니가 먼저 그 말을 꺼냈다. 그는 당황했다. 무슨 해열진통제의 처방도 아니고 응급실 침대에서 재혼 이야기라니, 장례를 치른 지 겨우 260일이 지났을 뿐이고 아직 아내의 유품조차 정리하지 못한 상태였다. 그 모든 걸 제쳐 두고라도 상식적인 추모 기간으로써도 턱없이 야박한 시간이었다.

"침대에 그 사람 온기도 아직 안 가셨어요."

"그렇다고 삼년상 치를래?"

어머니의 표정은 어느 때보다 단호했다. 세상 떠난 며느리보다 마흔하나라는 엉거주춤한 나이에 혼자 된 아들이 더 애통한 어머니였다. 그는 대꾸할 기력조차 없어 눈을 감았다. 감은 눈 속으로 아내의 얼굴이 떠올랐다. 그 얼굴 위로 영정사진이 겹치자 그는 속으로 세차게 도리머리를 했다. 그는 아직도 퇴근할 때면 현관까지 마중 나오는 어머니의 등 뒤를 가만히 살펴보곤 한다. 어머니의 등 뒤는 이상하게 낯선 적막이 드리워져 있을 뿐 "시한 씨!"하고 쪼르르 달려 나오던 아내의 환한 모습은 그림자도 없다.

어머니가 그를 어르듯이 말했다.

"속히 떨쳐버릴수록 망자의 잠도 편한 법이다. 어미가 언제까지 네 뒤치다꺼리를 할 수도 없고, 네 형수가 적극 권하는 아가씬데, 나이도 적당하고 꽃을 만진다니 직업도 마음에 들고, 무엇보다 속이 너르고 따습단다."

그는 어머니의 말을 귓등으로 흘리며 벽을 향해 돌아누웠다. 평소 어머니는 지나치게 깔끔했던 아내의 성격을 마땅찮아했다. 사람이 너무 정淨하고 빈틈없으면 박복하고 집안이 구순하지 않다는 거였다. 애석하게도 어머니의 염려는 현실로 나타났다. 거기에다 결혼에 대한 각종 설문조사에도 보면 성격을 상위 조건에 두는 경우가 많았다. 그는 통상 내세울 것 없는 이들의 주장이 성격이라고 생각했다. 성격처럼 객관적인 평가가 어려운 것이 어디 있겠는가. 물질에 후한 사람이 시간엔 인색할 수 있고, 남들에게 너그러운 사람이 가족에겐 옹졸하게 굴 수도 있다. 그렇긴 해도 아홉 달 가까이 지독한 마음의 한기에 시달려온 그는 그 따뜻하다는 한마디에 이상하게 마음이 울컥했다.

그가 어머니의 채근을 곰곰 생각하게 된 건 아내의 첫 기일을 지나 입동을 하루 앞두고였다. 매서운 추위를 예고하듯 바람은 어느 때보다 차고 깔깔했다. 퇴근 버스 안에서 바람에 흩날리는 낙엽을 우두커니 바라보던 그는 문득 다가올 겨울을 혼자 견뎌낼 일이 두려웠다. 침대의 온도를 아무리 높여도 뼛속 깊은 데서 냉기가 흘러나왔다. 외피가 전부 벗겨진 나무처럼 그는 쓰라린 추위에 몸을 자그맣게 웅크리고 잤다. 그는 갑자기 밀려든 한기에 몸을 떨며 마음이 따습다는 그 여자를 생각했다. 방한복이나 스토브로 대신할 수 없는, 진짜 살아있는 사람의 온기가 그리웠다.

산소를 갈구하는 물고기처럼 그는 여자를 향해 잠시 상념의 아가미를 끔벅거렸다. 여자를 생각하자 몸 어디에서 미지근하게 온기가 되살아나는 느낌이었다. 그는 차창에 비친 자신의 꺼칠한 뺨을 문지르며 맥박을 세듯 그 느낌을 가만가만 짚어나갔다. 하지만 한편으로는 제 안에 감춰졌던 약삭빠른 이기심 때문에 한없는 서글픔을 느꼈다.

생수의 시대가 열린 지 오래라 누군가를 기다리며 따끈한 엽차를 홀짝이던 낭만은 사라졌다. 그는 차가운 생수를 앞에 놓고 설명하기 어려운 제 마음을 가만히 들여다보았다. 서글픔 같기도, 설렘 같기도 한 그 느낌이 어색해서 그는 괜히 주먹을 몇 번이나 쥐었다 펴곤 했다. 약속 장소로 이곳 '안탈리아'를 추천하면서 어머니는 은근한 목소리로 말했다.

"명당이라고 소문난 곳이란다. 풍수지리학적으로 물을 끼고 있어서 복과 생기가 넘치는 길한 터래. 이왕이면 장소 덕 좀 보는 게 좋지 않니."

어머니의 말처럼 '안탈리아'는 맞선의 명당답게 성사에 필요한 조건을 갖추고 있는 듯했다. 호수공원이 내려다보이는 특급 전망이며, 사통팔달의 교통과 블루와 화이트로 꾸며진 지중해풍의 멋진 인테리어가 그랬다. 거기에다 은은하고 따스한 조명은 마음을 차분하게 열어주었다. 더욱 22층이라는 높은 장소는 기압이 낮아 심박동과 호흡이 빨라져 기분을 달뜨게 하는 효과까지 있었다. 자연히 상대방에 대한 호감도가 높아질 수밖에 없을 것이다.

시계가 다섯 시를 가리켰다. 그는 약간 초조한 기분으로 출입문을 쳐다보았다. 흔히 예측 불가능한 상황을 두고 사람들이 즐겨 쓰는 말로 운명이라는 단어가 있는데 지금 그의 심정이 그랬다. 출입문이 마치 자신의 운명이라도 거머쥐고 있는 듯 문에서 잠시도 시선을 떼지 못했다. 어머니는 형수가 여자에게 그의 사진과 휴대폰번호까지 건넸으므로 그쪽에서 먼저 알아볼 테니 신경 쓸 거 없다면서, 말끝에 낙관도 비관도 아닌 말을 흘렸다.

"수수한 얼굴이지만 웃을 때는 예쁘단다."

수수하나 찬찬히 뜯어보면 예쁜 구석이 있다는 말인지, 잠깐 웃음 짓는 순간 외엔 전혀 기대할 게 없다는 건지 도시 모를 소리였다. 통상 느낌이 명확하게 잡히지 않는 인물이나 꼭 집어내기 어려운 어정쩡한 맛을 수수하다고 했다. 그러나 생각해보면 이 말처럼 심오한 단어도 없었다. 마음이나 입맛에 튀지 않고 알맞기만큼 어려운 게 없기 때문이다. 진짜 어떤 경지에 이르렀다는 뜻이며, 모자람과 넘침 사이의 완벽한 균형이라 할 수 있었다. 모를 것은 위아래를 가리지 않고 입바른 소리를 잘하는 형수가 왜 그런 완곡한 표현을 했을까 하는 거였다. 아무래도 외모가 좀 아쉽다는 얘기 같았다.

물을 반 컵 정도 비우고 났을 때 통로에서 요란스레 딸깍거리는 소리가 났다. 자세를 바로 잡으려던 그의 몸이 굳어졌다. 구둣

발 소리를 전혀 신경 쓰지 않는 여자라면 상대에 대한 배려는 뒷전일 게 뻔했다. 청각이 얼마나 예민한 기관인지, 소리가 심박동에 지대한 영향을 끼친다는 사실 따윈 관심조차 없을 것이다. 어쩌면 소음으로 상대를 가해하는 가학적인 취미를 갖춘 여자일지도 몰랐다. 그는 애써 짓고 있던 부드러운 표정을 슬그머니 거두었다.

문이 활짝 젖혀지며 문제의 딸깍녀가 들어왔다. 그녀와 눈이 마주친 순간 그는 가슴이 덜컥 내려앉았다. 한 손에 휴대폰을 성화처럼 치켜든 땅딸막한 여자가 뒤축이 한 뼘이나 되게 높은 구두를 끌고 그를 향해 다가오고 있었다. 코르크색 원피스에 높낮이가 거의 없는 판판한 얼굴이 말 그대로 수수하기 짝이 없었으나, 그 얼굴에 어떤 웃음이 담긴다 해도 털끝만치도 예쁠 것 같지 않은 여자였다. 후회의 감정이 가슴을 훑고 지나갔다. 하다못해 평균 수명이 2년 남짓한 휴대폰 색상 하나를 결정하기 위해서도 수백 가지가 넘는 색상의 테스트를 거쳤다. 그렇게 최종 색상을 결정한 뒤에도 명도나 채도의 미세한 변화, 펄Pearl의 비율 등, 보다 전문적이고 정교한 작업이 더해졌다. 어머니에게 등 떠밀려 나와 앉은 자신의 모습이 문득 휴대폰 색상 채택의 첫 단계에도 못 미치는 수준임을 깨닫자, 그는 자신의 발등이라도 찍고 싶은 심정이었다. 여자는 휴대폰을 성화에서 금속탐지기 모드로 바꾼 뒤 좌석을 샅샅이 훑으며 그의 테이블까지 왔다. 순간 금속탐지기가 작동하듯 여자의 휴대폰이 울렸다. 자동차경보음이 무색하리만큼 엄청난 벨소리였다. 여자는 선 자리에서 태연히 전화를 받았다. 비음이 심히 섞인 목소리였다.

"옴머, 옵빠, 아직 안성 나들목이라구여. 그럼 내가 중간 지점으로 이동할게여."

전화를 끊은 여자는 주저 없이 몸을 돌려 왔던 걸음 그대로 딸각거리며 나갔다. 그는 가슴을 쓸어내리며 안도의 숨을 깊이 내쉬었다.

그가 홀아비가 되자 주변의 반응은 갖가지였다. 위로의 술자리나 진심 어린 안부 전화가 아주 없었던 건 아니지만, 몇몇 방식들은 매우 불쾌하고 의심스러웠다.

"숨겨 놓은 여자 없어? 망설일 것 없이 이참에 들어 앉혀. 적시타란 말도 있잖아."

"확실한 데 투자 안 하려나? 이건 땅 짚고 헤엄치기야. 딱 1년만 묻어두면 내 열 배로 튀겨주지."

"요즘은 3개월 수절이면 열부 났다고 그래. 내 끝내주는 여자 소개해줄 테니 연애나 하게."

"딱 한 달만 쓰고 줄 테니 돈 좀 빌려주게."

아무리 발 빠른 재테크가 틈새시장의 공략이라지만, 상처의 틈을 비집고 들어오는 무차별적인 몰염치에 그는 한없는 비애를 느꼈다. 그는 여자를 소개받지도 땅 짚고 헤엄치기라는 곳에 투자하지도 않았으나, 다만 구차한 부탁을 거절하지 못해서 빌려준 얼마간의 돈은 돌려받지 못했다.

시계는 다섯 시 십 분을 가리켰다. 길이 막히는 걸까. 길이란 사정이 급할수록 더 막히기도 한다. 그는 그런 경우를 대비해서 예정 시간보다 20분이나 일찍 출발했기에 도착한 뒤에도 10분의 여유가 있었다. 눈썹이 흐리고 눈꼬리가 약간 내려온 그는 사람들에게 우울한 인상을 주는 얼굴이었다. 아내가 죽은 뒤에 그 눈꼬리는 더욱 처졌다. 그래서 오늘 그는 어머니가 골라준 크림색 터틀넥 스웨터에 캐러멜색의 모직 재킷을 받쳐 입었다. 얼굴이 한결 밝고 생기 있어 보였다.

그보다 삼 년 앞서 상처한 한 친구는 정작 어려운 건 따로 있다고 했다.

"사별 뒤에 치러야 할 진짜 이별이 힘들다네."

새로운 출발을 하려면 사별과도 완전히 이별해야 한다는 말이었다. 침묵에 잠긴 호수를 물끄러미 바라보고 있는 사이 그는 그 말이 쓰라리게 되살아나면서 목울대가 뻐근해졌다. 인생이란 얼마나 아이러니한가. 매사에 용의주도했던 아내는 그에게 항상 마지막 순간까지 날아오는 공을 응시하라고 충고했다. 삶은 잠깐의 방임도 허용해선 안 되는 구기球技같은 거라고 말이다. 그러나 아내는 정작 중요한 순간에 제 몸의 변화를 알아차리지 못했다. 식욕부진이 계속되었음에도, 불과 한 달 사이에 체중이 3킬로그램이나 빠졌음에도, 오히려 희망 체중 치에 접근했다며 기뻐하기까지 했다. 아내와 복식조였던 그도 둔감하긴 마찬가지였다. 삶은 구기球技가 아니라 허들레이스였다. 길목을 지키고 있다 발을 낚아채는 교활한 올가미였다. 회환의 감정이 그의 가슴을 날카롭게 찔렀다.

5분이 더 지나자 그는 여자가 매우 느긋한 성격이라고 생각했다. 첫 만남에 15분씩이나 늦는다는 건 매사에 급할 게 없다는 뜻이었다. 급할 게 없으니 서른여섯 살이 되도록 여태 미혼인 것이다. 자신이 느긋한 만큼 남에게도 성마르게 굴지 않는다면 크게 문제될 건 없었다. 어쩌면 1분 1초를 따지는 깐깐한 성미보다 나을 수도 있었다. 결혼생활에서 주로 참고 기다리는 역할이 여자라는 데 생각이 미치자 그는 여자의 느긋한 성격이 마치 뛰어난 장점이라도 되듯 마음이 놓이기까지 했다.

커피 향이 가득한 실내는 음악도 찻물처럼 조용히 끓고 있었다. 지난 1년간 그는 일체의 음악을 외면하고 지냈다. 아내와의 모든 기억은 항상 음악이 배경이었다. 아내는 음악을 좋아했다. 물이나 공기처럼 음악을 마시고 호흡했다. 클래식과 재즈, 소울에서 가스펠까지, 장르를 가리지 않았다. 아내는 음악을 가리켜 영혼이 깃든 창조물이라고 했다. 불멸의 영혼을 가진 존재만이 공유할 수 있는 높은 수준의 교감이 가능하다는 것이다. 아내가 떠나자 불멸의 영혼이 깃들었다는 창조물은 그의 귀에다 일제히

레퀴엠을 연주했다. 그는 귀를 틀어막았고 삶은 침묵으로 에워싸였다. 슬픔이 만물의 공용어라는 사실을 그는 그때 알았다.

피아노의 선율이 그의 마음을 부드럽게 두드렸다. 친숙한 멜로디가 그의 귀와 가슴으로 파고들었다. 그는 음악과 화해라도 하듯 온몸으로 그 소리를 끌어안았다. 호흡이 점차 편안해졌다.

5분이 더 흘렀어도 여자는 나타나지 않았다. 이제 그는 여자가 게으른 성격이라고 단정했다. 어찌해볼 수 없이 굳어버린 만성적인 게으름이 이럴 때라고 틀을 바꿀 리가 없는 것이다. 시간을 통제하지 못한다는 건 자신의 인생을 통제하지 못한다는 의미였다. 시간 개념에 아둔한 사람은 대개 머릿속도 정리하지 않은 서랍처럼 뒤죽박죽이기 십상이다. 일의 순서가 뒤바뀌는 건 물론이고, 일의 경중조차 구별하지 못한다. 그는 게을러터진 여자를 기다리며 턱까지 치미는 한숨을 가만히 눌러 삼켰다. 주변 사람들은 그에게 재혼에 대해 비현실적인 기대를 버리라고 충고했다. 그저 심싱만 고우면 된다고 했다. 그는 얼굴도 모르는 게을러터진 여자를 기다리며, 제발 심성만이라도 곱기를 바랐다.

거리를 지나는 자동차들이 하나둘 미등을 켜기 시작했다. 가장 견디기 힘든 시간이 이때였다. 죽음 같은 허무가 잿빛 혀를 날름거리며 그를 삼키려고 달려들었다. 슬픔과 고통은 시간이 도와줄 수도 있으나 허무는 어찌할 방법이 없었다. 하루하루 살아가는 일이 어제로부터 떠밀려온 것의 무의식적인 반응일 뿐, 내일을 기다리는 마음이 아니었다. 모래알 같은 시간이 흘러와서 저혼자 발밑을 간질이다 사라졌다. 기왕 알고 있었다고 해도 죽음은 너무나 허망했다. 인생은 잠깐 있다가 사라지는 아침 안개였음을, 그의 몸을 달구던 아내의 따뜻한 살과 부드러운 머리칼도 그저 흙에 보태는 한 줌 거름일 뿐이었다. 그것이 또한 모든 애달픈 육체의 끝이기도 했다. 그는 참았던 한숨을 내쉬었다.

겨울 저녁은 빨리 어두워졌다. 이제 호수는 인디고블루로 저물어 근심 어린 얼굴로 그를 지켜보았다. 그의 바로 앞자리에서 바순처럼 낮게 웅얼거리던 남자가 창밖을 내다보며 옆자리의 여자에게 말했다.

"저녁 먹고 출발하면 자정 전에 닿을 수 있을 거야. 시린 달빛에 크리스털처럼 반짝이는 안목해변의 모래사장을 네게 보여주고 싶어."

"난 겨울바다는 별로야. 넘 삭막해. 지금 거리엔 온통 크리스마스트리가 다이아몬드처럼 번쩍거리는데, 거기까지 뭘 하러 가."

비올라의 음색을 가진 여자가 시큰둥하니 대답했다. 남자의 침묵에서 잠시 닻을 감는 기척이 느껴지고, 조금 뒤에 둘은 일어서 밖으로 나갔다. 반짝이는 눈을 가진 남자와, 번쩍거리는 오렌지 펄의 입술을 한 여자였다. 둘은 나름대로 합일점을 찾은 모양이었다. 사랑이란 각각의 뗏목을 타고 강을 표류하다 언젠가는 함께 바다에 닿는 것이다. 그와 아내도 한때는 다른 곳을 응시했던 적이 있었다. 그러다 어느 순간 전혀 의도하지 않았던 오해로 인해 그들만의 바다에 닿았다. 어느 날 아내는 억울하다는 투로 말했다.

"당신 눈물샘이 고장 난 걸 몰랐지 뭐야."

아내의 말은 헤어지기로 결심한 날, 멈추지 않고 흘러내리는 그의 눈물을 진짜 눈물로 착각해서 하숙집까지 따라왔고, 결국 결혼까지 하게 되었다는 얘기였다. 홀어머니에 비전 없는 미술학도였던 그를 아내는 만난 지 반년 만에 정리하려 했다. 억울하다고 하면서도 아내의 표정은 행복해 보였다. 때로 연인들은 그들을 옭아맬 핑계가 없어서 헤어지기도 한다. 아내에게 뜻밖의 핑곗거리를 제공했던 그의 눈물관은 결혼하자마자 거짓말처럼 뚫렸다.

5분이 더 지났어도 여자는 나타나지 않았다. 그의 기분은 식은 수프처럼 휘주근해져서 마침내 멍한 상태에 빠지고 말았다. 눈꺼풀이 무거워지며 몸이 젖은 빨래처럼 축 처지더니 나른하게 잠이 밀려왔다. 아내가 죽고 난 뒤에 생긴 증상으로 며칠에 한 번씩 겪는 일이었다. 잠은 그의 긴급 대피소였다. 그 순간만큼은 고통과 슬픔의 공습에서 안전했다. 그는 졸음을 떨치려고 두어 번 뺨을 꼬집어보았으나 오히려 잠의 끈끈한 그물에 더 깊이 얽혀들었다. 그는 자신이 무슨 이유로 이곳에 나와 있는지도 잊은 채 빠르게 잠 속으로 가라앉았다.

고통이 사라지고 잔잔한 평안이 찾아왔다. 아내는 언제나처럼 에이프런을 맵시 있게 두르고 저녁상을 차리고 있었다. 가스레인지에서는 구수한 된장찌개가 끓고, 식탁에는 푸른 도자기 화병에 흰 소국이 소담스레 꽂혀 있었다. 거실에 흐르는 음악은 아내가 즐겨 듣는 '밤의 가스파르'였다. 작은 물방울이 연달아 튀어 오르는 듯한 트레몰로의 피아노 소리가 그의 가슴을 잔잔하게 흔들었다. 아내는 음악의 진정한 감상은 듣는 것을 지나 보는 것이며, 보는 것을 넘어 만나는 것이라고 했다. 그의 눈에 물의 요정 '옹딘'이 장난스럽게 뛰놀며 속삭이는 모습이 어룽거렸다.

– 들어봐요, 들어봐요. 창백한 달빛에 비친 당신의 마름모꼴 유리창에 물방울을 흩뿌려 울리게 하는 것은 나 '옹딘'이에요.

변한 건 아무것도 없었다. 실내는 기분 좋게 따뜻했고, 아이는 아직 학원에서 돌아오지 않았다. 달라진 게 있다면 오늘따라 아내의 얼굴이 샐쭉하다는 거였다. 슬픈 것 같기도, 토라진 것 같기도 한 아내의 표정이 너무 의미심장해서 그는 무의식 속에서도 불안했다. 부엌은 세트장처럼 곧 헐릴 것 같고, 아내도 푸르스름한 창문을 타고 연기처럼 사라질 것 같았다. 지난 1년간 그는 줄곧 꿈과 현실을 혼동했다. 혼동한다기보다 현실이 꿈이고 꿈이 현실이라 믿고 싶었다. 두 공간의 시차를 극복하지 못해 괴로움을 겪었다. 그러나 지금은 분명 꿈이 아니었다. 피아노 소리가 손에 잡힐 듯 또렷했기 때문이다.

– 별이 빛나는 깊은 밤. 잠든 호수 위로 당신의 눈길이 닿을 때 물방울 하나하나의 흐름을 타고 강물을 헤엄치는 물의 요정 나 '옹딘'이에요.

그는 아내의 등 뒤에서 허리를 부드럽게 끌어안고 머리칼에 입을 맞추었다.

"오늘은 우리 종다리가 십자매로 변신했나 봐. 통 지저귀지를 않네."

아내는 아무 대꾸 없이 몸을 빼내어 주방 바닥에 털썩 주저앉더니 갑자기 머리를 빗질하기 시작했다. 아내의 긴 머리카락이 바닥에 마른 솔잎처럼 떨어져 내렸다. 그는 아내의 빗질을 멈추려 했으나 무슨 까닭인지 몸이 움직여주지 않았다. 삽시간에 아내의 정수리가 하얗게 드러났다. 그는 안타까움에 비명이 터져 나올 것 같았다. 그때 어디서 초인종 소리가 들렸다. 아내가 벌떡 일어나 빗을 내던지고 현관으로 달려갔다. 문이 세차게 열리는 소리에 놀라 그는 눈을 번쩍 떴다. 음악은 변함없이 흐르는데 아내도 부엌도 흔적 없이 사라지고 대신 머리칼이 숯처럼 검은 여자가 숨을 헐떡이며 '운명의 문' 앞에 서 있었다. 불과 몇 분 사이에 몇 시간이 흘러간 듯 눈앞이 아득했다. 여자의 거친 숨소리가 그의 자리까지 전해졌다. 약속에 늦어 마지막 성의라도 보이려는 몸짓이 분명했지만, 여자의 모습은 이미 그 자체로 타인에 대한 성의와는 무관했다. 달개비색으로 달아오른 얼굴에 위압적일 만큼 커다란 체구가 인도로 뛰어든 덤프트럭처럼 그의 앞을 우악스럽게 막아섰다. 그는 가위눌려 숨을 몰아쉬며 몸을 뒤로 뺐다. 여자가 한 발짝 더 다가와서는 빠르게 몸을 꺾으며 바로 뒤의 누군가에게 큰소리로 알은 척을 했다.

"헤이, 타로사!"

뒷자리에서 발음도 정확히 "아미엘"하는 소리가 들렸을 때야 그는 여자가 외국인이라는 것을 깨달았다. 잠의 경착륙으로 인해 국적을 식별하지 못한 오류를 범했던 것이다. 여자가 지나가면서 풍긴 강렬한 체취가 그의 나머지 잠을 말끔하게 걷어냈다. 그는 가슴을 쓸어내리며 앞에 놓인 생수를 벌컥벌컥 들이켰다.

호수는 이제 미드나잇블루로 바뀌어 어둠과의 경계를 완전히 허물었다. 어둠의 속도만큼 그의 마음도 점점 캄캄해져 갔다. 그는 밤이 싫었다. 무엇보다 어둠 속에 혼자 있으면 너무 외로웠다. 아내가 살아있을 때는 밤이 그처럼 길고 막막한 줄 몰랐다. 잠자리에 누워 서로의 몸을 어루만지며 도란거리다 보면 사물이 부드럽게 제 형체를 드러내어 오히려 어둠 속에서 눈앞이 더 환해지곤 했다. 그러나 지금은 눈을 훤히 뜨고 있어도 사방이 캄캄했다. 사랑이 불빛이었다는 걸, 그는 이제 완전히 길을 잃어버렸다는 사실을 아프게 깨달았다.

시계는 드디어 다섯 시 사십 분을 가리켰다. 그는 마침내 '운명의 문'에서 시선을 거두고 한 덩이로 검게 뭉개진 창밖을 노려보았다. 어머니는 집을 나서는 그의 등 뒤에 대고 꼭 점쟁이처럼 말했다.

"날씨도 아주 쾌청하니 느낌이 좋구나. 근데 좋은 일엔 더러 마魔가 낄 수도 있다. 혹 그쪽에서 갑자기 사정이 생겨 좀 늦더라도 속 좁은 티 내지 말고 느긋하게 기다려라. 서울이라는 데가 길 한번 막히면 요지부동이잖니. 인연이라면 길을 끊어놓아도 만나게 되어있다."

그의 생각도 같았다. 다만 이 눈부신 정보통신의 시대에 새로운 길을 낼 수 있는 전화 한 통이 없다는 건 여자의 무신경을, 그들이 인연이 아님을 입증하고도 남았다. 그는 불편한 심기를 억누르며 자릿값이라도 하고 가려고 종업원을 손짓해서 불렀다. 그리고 종업원이 메뉴를 내밀기도 전에 빠르게 말했다.

"블루 마가리타."

여자를 만나러 와서 '블루 마가리타'를 청하는 건 예의가 아니었다. 죽은 연인을 잊지 못해 외국의 어느 바텐더가 이름을 붙였다는 이 칵테일을 마시는 건 불망不忘의 이름이 있다고 대놓고 광고하는 거나 마찬가지였다. 그는 이국 여인 마가리타 대신 아내를 생각하며 블루 마가리타를 마셨다.

그가 칵테일 잔을 비우고 의자에서 막 일어서려는 순간, 출입문이 살그머니 열리며 가슴에 큼직한 코르사주를 단 중키의 여자가 들어왔다. 그는 순간적으로 그녀가 이제껏 조바심치며 기다리던 게을러터지고 무신경한 여자임을 직감했다. 여자는 출입구에서서 도둑고양이처럼 조심스레 주위를 살피더니 그와 눈이 마주치자 목표물을 확인한 표정으로 곧장 그에게 다가왔다. 그는 기다림에 지친 데다, 앞서 펼쳐진 두 건의 퍼포먼스로 인해 진이 다 빠진 상태라, 첫 만남에서 자신을 가장 잘 어필할 수 있는 방법이 환한 미소라는 것도 잊고 부루퉁한 얼굴로 여자를 맞이했다. 버건디색의 바지 정장과 턱선에 머문 단정한 단발머리가 나이보다 앳되어 보이는 여자였다. 여자가 쩔쩔매는 몸짓으로 그에게 인사했다.

"늦어서 정말, 정말 죄송합니다."

그는 뚝뚝하게 고개를 숙여 보이고는 여자의 다음 말을 기다렸다.

"사정이 좀 있었어요."

"아, 예……."

"오는 길에 하필 자동차가 퍼졌어요. 보험사에 연락해서 처리하고 택시는 안 잡히고, 부랴부랴 지하철을 탔는데, 길에서 어찌나 떨었던지 몸이 풀리면서 깜빡 졸았지 뭐예요. 한 정거장을 그냥 지나치는 바람에…… 휴대폰은 갑자기 연락처가 몽땅 사라지는 에러가 나고, 정말 최악이었어요. 진짜 죄송해요."

그는 어이가 없었다. 선을 보러오는 길에 자동차는 고장 나고, 지하철에서는 태평스레 잠이 들고, 게으르고 무신경하며 덜렁대기까지 하는 여자를 그는 절망적인 기분으로 바라보았다. 종업원이 다가와서 메뉴를 내밀었다. 그가 차를 주문하려고 하자 여자가 재빨리 가로막았다.

"죄송하지만 차는 나중에 마시기로 하고 먼저 밥을 먹으면 안 될까요. 여태 점심도 못 먹어서 눈앞에 헛것이 보이네요."

서로 실명인증 절차를 거치기도 전에 여자는 밥 타령부터 했다. 정말 난공불락의 뻔뻔함이었다. 그는 여자와 전혀 밥을 먹고 싶은 기분이 아니었기에 대답을 하지 않았다.

"무슨 음식을 좋아하세요?"

여자는 마치 그의 동의라도 얻은 양 메뉴까지 정하려 들었다. 그가 마지못해 되물었다.

"그쪽은 무얼 좋아하는데요?"

"입천장이 데일만큼 뜨거운 음식이면 뭐든 좋아요."

그는 여자의 그 한마디에 마음이 슬며시 풀어졌다. 자신과 같은 종류의 사람을 만났다는 반가움 때문이었다. 그는 무조건 뜨거운 음식을 좋아했다. 뜨거운 차, 뜨거운 국물, 뜨끈뜨끈한 파이, 차가운 것은 무엇이나 싫었다. 싸늘한 말, 냉랭한 눈길, 찬바람을 일으키는 몸짓, 냉면이나 샐러드조차 꺼려했다. 마음의 온도를 떨어뜨리는 데 음식도 일정 부분 기여한다고 믿었다. 그가 드물게 분개하는 일이 있다면 식당에서 미지근한 음식이 나왔을 때였다. 여자는 틀림없이 해물탕 속에 든 미더덕이나 꿀호떡에 입을 데어본 경험이 있을 것이다. 입천장이 훌렁 벗겨지도록 화끈하고 얼얼한 그 느낌이 뜨거운 맛의 절정이라는 것도 잘 알 것이다.

그는 앞에 앉은 여자가 갑자기 완벽하게 이해되는 것을 느꼈다. 어쩌면 여자도 자신과 마찬가지로 가벼운 우울증을 앓고 있는 나머지 가끔씩 멍한 상태에 빠져드는지도 몰랐다. 그래서 지하철에서 깜빡 잠이 들어 내릴 역을 지나쳤을 것이다. 정신과 의사인 친구 말로는 고통과 상실을 정면으로 맞서고 싶지 않은 여린 사람들의 병상病狀이라 했다. 그는 갑자기 여자가 가여워졌다. 또한 저녁으로 굳이 양식을 먹지 않아도 된다는 사실에 기분이 좋아졌다. 스프는 고작 미적지근하다 말 것이고, 고기는 나이프를 대기도 전에 식어있을 것이다. 이곳을 벗어나서 어디든 뜨거운 국물이 있는 곳으로 여자를 데려가고 싶었다. 그는 오는 길에 스쳐 본 건물 뒤편의 한 식당으로 여자를 안내하기로 마음먹었다. 뜨거운 해물탕에 함께 숟가락을 담그고 밥을 먹다 보면 의식하지 못하는 사이에 격의 없는 친근함이 생길지도 몰랐다. 남녀관계에 있어 시간의 길이란 감정의 농도와 크게 상관없다고 생각했다. 한순간 점화된 감정이 평생을 관통할 수도 있고, 긴 시간을 만나면서도 지지부진할 수 있는 것이다. 그는 앞장서서 '안탈리아'를 나왔다.

여자가 몸을 움직일 때마다 희미한 꽃냄새가 났다. 어머니는 여자가 플라워디자이너이라고 했다. 플라워디자이너란 향기까지 디자인하는지 향기는 기분 좋게 상큼했다. 그의 마음은 점점 따뜻하고 부드러워졌다.

찌개 국물은 쇳물처럼 붉고 뜨거웠다. 그는 혀가 얼얼하도록 뜨겁고 매운 국물을 입에 떠 넣으며 가슴까지 훈훈해지는 걸 느꼈다. 여자는 찌개 국물에 밥을 말아 정신없이 떠먹었다. 그는 여자의 앙증맞은 입이 음식을 삼키는 모습을 흡족하게 바라보았다. 사실 여자는 수수한 것과는 상당한 거리가 있었다. 마음을 끄는 아몬드 모양의 갈색 눈동자며, 빚은 듯한 콧날이며, 세련된 옷차림까지, 오히려 귀엽고 도회적인 분위기였다. 고요한 충족감이 그의 마음을 감쌌다. 1분만 더 늦었더라도 여자와 그는 어긋날 사이였다. 그는 바람맞고 돌아가서 어머니에게 다락같이 화를 냈을 것이고, 어머니 역시 어설프게 다리를 놓았던 형수를 쫀쫀하게 추궁했을 것이다. 얼마쯤의 우여곡절을 거쳐서 오는 인연이 더 실다울 때도 있다. 그는 여자의 컵에다 조심스레 물을 채워주었다.

식당을 나서기 전 그는 여자와 가벼운 실랑이를 했다. 그가 잠깐 구두를 찾아 두리번거리는 사이 어느 틈에 계산대로 쪼르르 달려간 여자가 밥값을 치른 것이다.

"최소한의 염치는 땜빵해야죠."

그가 당황해서 어름대는 사이 여자는 벌써 '안탈리아'를 향해 앞장서서 걸었다. 결례에 물타기를 한다고 새삼스레 정중해지는 건 아니지만 여자는 짐작했던 것보다 센스 있고 싹싹했다. 그를 만나자마자 휴대폰의 전원부터 끄는 것 하며, 군더더기 없이 솔직한 사과의 방법 등이 그랬다. 그는 식당을 나서기 전에 벌써 여자가 저지른 한 시간의 무례를 소매 끝에 묻은 실밥처럼 가볍게 털어낸 사실을 깨달았다.

여자가 커피를 주문하고 나서 갑자기 핸드백에서 수첩을 꺼냈다. 그것은 수첩이라기보다 노트에 가까운 크기로, 유명 상표의 필기구까지 끼워져 있었다. 기억력에 심각한 문제가 있는 건지, 아니면 메모가 습관인지 알 수 없었으나 자세만은 높이 사지 않을 수 없었다. 어쩌면 휴대폰을 끈 것과 마찬가지로 그에게 전적으로 집중하겠다는 의도일 수도 있었다. 그는 여자의 태도가 조금 멋쩍고 부담스러웠다. 더욱 멋쩍은 건 여자의 그 별난 습관조차 싫지 않다는 거였다. 여자가 진지한 표정으로 말문을 열었다.

"몇 가지 여쭈어볼게요. 확인 차원이지만 본인이 직접 말씀해주시면 더 도움이 될 거예요. 하시는 일은 무언가요."

"L전자 신상품개발팀에서 색채 디자이너로 일합니다."

"아, 제품에 색깔을 입히는 거요?"

"예, 컬러를 통해 이미지의 부가가치를 높이는 직업이지요."

"멋진 일을 하고 계시네요. 저도 얼마 전에 새로 산 디카는 색상에 꽂혔거든요. 아무래도 컬러를 먼저 보게 되더라고요. 그럼 연봉은 얼마쯤 되세요?"

여자는 정공법으로 파고드는 스타일이었다. 그는 잠깐 삭막한 기분이 들었으나 곧 여자의 방식을 묵인했다. 어차피 재혼이란 연애의 가능성을 타진하기보다 조건을 조율해서 결혼을 성사시키려는 만남이지 않은가. 서로를 알아가는 데 굳이 우회도로를 택할 필요는 없었다. 그러잖아도 그는 오늘 집을 나서며 만약 상대가 마음에 들면 초면에 가질 법한 여러 궁금증에 상세히 답한 자신의 신상명세서를 건네줄 작정이었다. 거기에는 그의 모든 것이 일목요연하게 정리되어 있었다. 최종학력, 취미, 특기, 재산상태, 연봉, 혈액형, 좋아하는 음식, 가족관계 등…….

"항공기 조종사와 외환 딜러 사이에 끼일 정도는 됩니다."

"와우, 우량 급이네요. 실례지만 결혼생활은 어땠나요?"

그는 순간 당황했다. 첫 소개팅 자리에서 그런 민감한 질문을 받으리라고는 짐작조차 못한 일이었다. 더 당황한 건 별안간 눈앞이 흐려지는 바람에 시선 둘 곳을 잃어버린 거였다. 그는 아내를 한 번도 자신과 따로 떼어놓고 바라본 적이 없었다. 당연히 아내와의 결혼생활도 과거완료형으로 생각한 적이 없었다. 더구나 그런 질문은 단번에 답을 출력할 수 있는 성질도 아니었다. 아주 행복했었다고 하면 상대가 끼어들 틈이 전혀 없을 것이고, 불행했었다고 하면 절반의 책임에 대한 무능을 고스란히 들어내는 것일 테고, 그저 그랬다고 하면 생에 대한 미온적이고 무기력한 태도에 실망할 것이다. 그는 한참을 머뭇거리다가 간신히 입을 뗐다.

"저는 좀 지루한 타입입니다. 잘 읽히지 않는 책이나, 졸리는 강의 같다고 할까요. 그러나 아내는 다르게 말하더군요."

"무어라 했는데요?"

"피아노 교본 같다고 했죠."

"피아노 교본요?"

"네, 바이엘에서 시작해 체르니를 거쳐 베토벤을 연주했다고 하더군요."

"세상에, 두 분 다 완전 범생이었나 봐요. 베토벤이라니, 전 손가락에 피가 맺히게 연습해도 나중에 보면 난타가 되어있더라고요."

여자는 감탄사를 즐겨 썼고 웃을 때는 손뼉까지 치며 온몸으로 활짝 느낌을 표현했다.

"새 출발을 결심하게 된 동기랄까, 어떤 계기가 있었나요?"

그는 갈수록 기분이 묘해졌다. 여자는 아예 그를 속속들이 해

부하겠다는 태도였다. 요즘 맞선의 풍속도는 이처럼 앙케트 일변도인가. 그것도 주로 여자가 주도하는 방식으로 말이다. 알 수 없는 건 속으로 쩔쩔매면서도 여자 앞에 고분고분한 대답을 내어놓는 자신이었다.

"처음엔 전혀 뜻이 없었습니다. 그러다 가족들의 끈질긴 권유도 있고, 더 솔직히는 심각한 결핍 증세에 시달렸기 때문입니다. 사람에겐 절대적으로 필요한 요소가 있더군요."

"그게 뭔데요?"

"온기입니다."

여자는 문득 그 대목에서 필기구를 내려놓고 그를 그윽하니 바라보았다. 눈빛이 파르르 떨렸다. 그는 그 눈빛의 의미를 잘 알았다. 타인의 아픔에 공감하는 시선, 지난 1년간 그와 비슷한 눈빛을 수없이 많이 대했으나 여자의 것에는 특별히 자책의 감정이 담겨 있었다. 그렇게 느껴서 그런지 여자는 목소리마저 떨려 나왔다.

"결핍 증세가 어땠는데요?"

"글쎄, 영혼의 정전 상태 같다고 할까, 하여간 겨우 숨만 붙어 있는 식물인간 같았습니다."

여자는 충격을 받았는지 잠시 멍한 표정이더니 긴 한숨을 내쉬고 나서 원래의 얼굴빛으로 돌아왔다.

"어떤 타입의 여자를 원하세요? 말하자면 여자의 어떤 점을 중점적으로 보시느냐는 뜻이에요."

그는 이제 혼란스럽다 못해 화가 나려 했다. 대화다운 대화는 밀쳐둔 채 여자에게 공공연하고 적나라하게 취재당하는 것도 모자라 면전에서 그녀에 대한 느낌을 까발려보라는 말이나 마찬가지였다. 여자에게 더 이상 말려들고 싶지 않았다. 질문을 해도 그가 하는 게 순리였다. 그 나이가 되도록 왜 여태 결혼을 하지 않았느냐, 취미는 무엇이며 플라워디자이너란 뭘 하는 것이냐. 그러나 그는 자신도 모르게 순순히 답변을 늘어놓았다.

"마음으로 먼저 악수할 수 있는 사람이요."

"무슨 뜻인지는 알겠지만 좀 더 구체적으로 설명한다면……."

"말하자면, 내적인 공감이랄까, 취향이나 가치관이 비슷하게 가면 좋겠죠. 수학엔 밝은데 음맹音盲이라든지, 머리는 뜨거운데 가슴은 차다든지, 그런 건 좀 힘들 것 같습니다. 그쪽은 어떻습니까? 어떤 유형의 사람을 원하는지."

"저요?"

여자가 의외란 표정으로 눈을 동그랗게 뜨며 웃었다.

"궁금하세요? 근데 죄송하지만 전 아직 드러내놓고 밝힐 입장이 못 되는데요."

"네?"

"회사의 입장에서 보면 잠재적인 고객이 틀림없으나 아직 이혼 수속중이거든요. 그러나 기준이랄까, 규칙 같은 건 있어요.

첫 만남에서 호텔로 직행하고 싶지 않은 남자와는 절대 사귀지 않는다. 호텔로 직행했더라도 더 이상 에프터를 하고 싶지 않다면 바로 끝낸다. 그런데 웬 이혼이냐고요? 제 마지막 규칙에 의해서죠. 결혼했더라도 희망이 보이지 않는 남자와는 더 이상 결혼생활을 지속하지 않는다."

그는 갑자기 무언가 심각하게 잘못되었다는 걸 깨달았다. 그의 놀란 표정을 본 여자의 눈에도 그제야 의혹의 빛이 떠오르며 고개가 한쪽으로 갸우뚱해졌다. 그리고 두 사람은 동시에 소리쳤다.

"누구세요?"

"접수번호 41M 아니세요?"

바지 주머니에 든 휴대폰이 부르르 진저리를 친 것은 바로 그때였다. 형수였다. 그는 맨홀에라도 빠진 사람처럼 목소리를 높였다.

"어떻게 된 거에요?"

"서방님, 좀 놀라셨죠? 일이 묘하게 틀어졌지 뭐예요. 글쎄. 도경이가 약속 날짜까지 잡아놓고선 갑자기 안 되겠다고 자빠진 거예요. 전남편이 하도 쫓아다니며 애걸복걸하는 바람에 도로 합치기로 했대요. 정말 죄송해요. 그래서 어차피 말이 나온 김에 아예 전문기관에다 의뢰했죠. 요즘은 그런 곳이 정직과 신용은 기본이고 매칭도 예술이래요."

"결혼한 여자였어요?"

그는 숨이 차서 목소리가 제대로 나오지 않았다.

"혼인신고도 안 한 채로 딱 석 달 살고 때려치웠다니까 처녀나 진배없죠 뭐. 남자가 그렇게 속을 많이 썩였다는데 배알도 없는 여편네지 뭐예요."

그는 화낼 기운조차 없어서 알았다며 퉁명스레 전화를 끊었다. 기분이 정말 야릇했다. 몸에서 식은땀이 솟으며 정신까지 알딸딸했다. 블루마가리타를 너무 급히 마신 것인가.

*

그는 빌딩 밖으로 나와 호수를 향해 천천히 걸어갔다. 밤공기가 이마를 써늘하게 짚었다. 도시의 불빛들은 크리스마스 장식용 꼬마전구까지 가세해서 일제히 혼성합창을 했다. 밤이 늦었음에도 몇 쌍의 연인들은 호수 주변의 산책로를 돌고 있었다. 모두 물의 요정에라도 홀린 듯 몽롱한 표정이었다. 몽롱하긴 그도 마찬가지였다. 마치 누가 잡아당기기라도 하듯 산책로를 벗어나 조경로까지 내려갔다. 가까이 본 호수는 커다란 젤라틴 덩어리처럼 부드럽고 투명했다. 그는 물가에 쭈그리고 앉았다. 물 냄새가 파스처럼 시원하게 가슴을 진정시켜주었다.

여자는 이름도 처음 들어본 결혼정보회사의 커플매니저로 입사한 지 사흘 된 신입이었다. 상담 컨설턴트에게 넘겨받은 자료로 고객과의 첫 미팅을 위해 나온 길이었다. 여자는 게으르고 덤벙거리기는 했어도 직업정신만큼은 매우 투철했다.

"자의든 타의든 대개 첫 발짝은 이렇게 해서 떼게 되는 경우가 많아요. 이것도 인연인데 재혼 문제를 저희 회사에다 전적으로 맡겨주시면 어때요. 저희는 재혼 전문 회사로, 맞춤 배우자 서비스를 경영이념으로 하고 있어요. 성혼율도 높고 선생님처럼 멋진 우량 급 돌싱들도 많이 확보되어 있어요."

그는 허탈한 미소로 대답을 대신했다.

"선생님을 뵙고 깨달은 점이 많아요. 저처럼 멀쩡하게 살아있는 사람한테도 사망 선고를 내리는 판에, 그렇긴 해도 아직 탈상조차 못한 분위기는 좀 문제가 있어요, 이제 그만 상복을 벗어버리세요. 온기는 살아있는 사람에게만 있다는 걸 잊지 마시고요."

그는 헤어지면서 여자에게 악수를 청했다. 입사 시험 이후 그렇게 성가시게 많은 질문을 받아본 적이 없건만, 여자가 나누어준 몇 시간의 온기가 잃었던 미소를 되찾아주었다. 여자가 작고 따뜻한 손을 내밀며 웃음 띤 얼굴로 말했다.

"혹 제게 관심이 있으시다면 시간이 좀 걸릴 것 같네요. 한때는 남편과 샴쌍둥이처럼 붙어 지내다 보니 네 것 내 것 분리하는 게 쉽지 않거든요. 행여 일이 잘 풀려서 고객 대 고객으로 만나게 되면, 그땐 저 길 건너 호텔 커피숍에서 약속해요. 룸으로 직행하려면."

그는 여자의 말이 명백히 농담이라는 걸 알고 있었다. 그녀의 눈에 떠오르던 자책의 코드를 이해했기 때문이다. 여자가 채 식지 않은 사랑을 땅에 묻어버리지 않기를 바랐다. 생각해보면 부부란 샴쌍둥이의 재연일 수도 있었다. 그래서 싸움조차도 통상 개체로서의 다툼이 아닌 샴쌍둥이 수준의 갈등이었다. 이불 속에서 무릎으로 텐트 치지 말고 자라든지, 한쪽이 부적절한 짓을 할 때 다른 한쪽에서 눈을 감아달라든지…….

그는 검푸른 수면을 내려다보았다. 호수는 낮 동안의 고된 업무에 지친 수많은 빌딩과 도시를 품어 안고 자장자장 재우고 있는 중이었다. 소음과 번잡함을 내려놓은 물속의 도시는 아늑하고 평화로웠다. 언제가 그의 기억도 저처럼 안식할 날이 올 것이다. 슬픔도 그리움도 전부 내려놓고 세월의 심연에 몸과 마음을 담그리라. 그때쯤이면 고화질 텔레비전처럼 선명하던 아내의 얼굴도 아련한 점묘 초상으로 떠오르겠지. 이상하게 가슴속의 물결이 잦아들며 마음이 평온해졌다.

속이 너르고 따스운 여자가 배알도 없는 여편네로 바뀐 길지 않은 시간 동안 맛본, 블루 톤의 저녁이 조용히 깊어가고 있었다. 맞선의 전당 불빛이 가장 마지막에 호수에 몸을 뉘었다.

밤의 가스파르 : 모리스 라벨의 피아노 곡. 19세기 프랑스 시인 루이 베르트랑의 동명 산문시에서 영감을 얻어 작곡한 곡이며 라벨은 시의 이미지와 음악의 이미지를 서로 병렬시키기 위해 악보에 원시原詩를 함께 싣고 있다.

당신의 오후

당신의 오후

H기획 담당 직원의 전화를 받은 소희는 긴장했다.

"고객님, 의뢰하신 김시준 씨는 경기 남부에 위치한 '향기수목원' 초입에서 제육볶음 식당을 운영하고 있어요. 매장 사이즈는 다섯 평 정도고, 운영 상태는 그저 그래요. 공식적으론 아직 싱글이고요."

담당 직원은 필요한 정보를 몇 가지 더 알려주고 문자로 연락처를 보내겠다며 전화를 끊었다. 소희는 전화를 끊고 나서 실소를 금치 못했다. 8년 만에 듣는 그의 소식이 완전 반전 드라마였기 때문이다. 그렇게 거들먹거리더니 겨우 콧구멍만 한 제육볶음집이라니, 그것도 수비드니 레스팅이니 하는 고급 조리법도 아니고, 시뻘건 고추장에 그냥 버무린 제육볶음이었다. 식당 상호 하나는 여전히 허세 만렙이었다. '돈 조반니'라나, 모차르트가 들었으면 완전 열받았을 것이다.

합법적인 방법으로 사람을 찾아준다는 H기획이라는 사이트에 그를 의뢰한 건 보름 전이었다. 표면적으로는 사람을 찾는다고 하나 주로 옛 연인을 찾아주는 사이트였다. 화석에서도 DNA의 분자를 찾아 멸종한 생물의 복원을 시도하는 시대라 해도, 헤어진 연인 사이의 8년이란 공백은 쥐라기나 백악기만큼 아득한 시간이다. 의료분야나 재난 상황뿐 아니라 웬만한 일에도 골든타임이니 데드라인이니 하는 말을 흔히 쓰는 지금, 8년이란 공백은 재회의 타이밍으론 놓쳐도 완전히 놓친 경우라 할 수 있었다.

수만 쌍의 커플이 수만 가지 이유로 헤어진다. 기만했거나, 무례했거나, 극복하기 어려운 성격차이거나, 사회적인 격차가 크거나, 환승이별을 했거나, 소희의 경우도 그 중 하나였다. 그것도 열린 결말이 아닌, 달리 해석의 여지가 없는 닫힌 결말이고, 장르 또한 막장이었다. 그럼에도 불구하고 그를 만나려는 건 재회하는 연인들의 가장 흔한 이유인 관계의 리메이크가 아니었다. 욕하면서 끝까지 보는 게 막장 드라마이듯 그의 인생의 다음 회가 궁금하지 않은 건 아니지만 무엇보다 은재 때문이었다. 은재는 모든 상업시설과 주거공간을 리모델링하는 공간디자이너다. 그는 주로 올 리모델링을 고집했다. 새것과 낡은 것은 서로 결이 다르고 지향이 다르기에 어떤 묘기를 부려도 결국 버성기고 만다는 것이다. 첫 키스하던 날, 소희가 몸이 굳어 당황하던 그에게 연애를 7년이나 쉬었다고 하자 얼굴에 대한 예의가 아니라며 놀렸다. 소희가 연애에 호되게 체한 적이 있다는 말에 자신은 퍽치기였다고 털어놓았다.

"청첩장 돌리고 나서 상대가 변심했어요. 완전 뚜껑 열렸죠. 처음엔 절치부심, 이를 갈았어요. 근데 시간이 흐를수록 깨달아지는 게 있었어요. 그런 무거운 기억을 굳이 붙잡아두는 건 어리석은 짓거리며 저장 공간의 낭비라고, 그래서 사면하고 깨끗이 털어버렸어요. 사면은 사면권자의 특권이기도 하고."

소희는 그의 말을 곰곰 되새기며 다시 돌이키고 싶지 않은 기억과 마주할 용기를 냈다. 그러나 시준은 증발이라도 한 듯 어디에서도 그 흔적을 찾을 수가 없었다. 결혼식 후 종적을 감춘 그를 찾아내 신부 쪽에서 다리병신을 만들었다는 소리도 있고, 해외 어디로 이민했다는 얘기도 있었으나 어느 것도 확인할 수 없는 소문일 뿐이었다.

*

'향기수목원' 입구는 진입로 확장 공사를 하느라 온통 벌겋게 파헤쳐져 있었다. 포클레인과 대형 덤프트럭이 군데군데 길을 막아선 사이로 저만치 초록빛 동산이 보행자 신호처럼 손짓했다. 소희는 차를 주차장에 주차한 후 그 초록빛을 향해 천천히 걸어

올라갔다.

바람 한 점 없는 초가을의 오후였다. 따가운 볕에 얼굴이 달아올랐다. 소풍을 나온 한 무리의 아이들이 멀리 희고 붉은 꽃나무 사이로 꿀벌처럼 바삐 움직이는 모습이 보였다. 메마른 황토길 위로 문득 생각난 듯 한줄기 바람이 지나가자 그제야 서늘한 숲의 향기가 느릿느릿 소희를 마중했다.

소희는 매표소에서 표를 끊고 나서 주위를 둘러보았다. 약속시간이 아직 20분이나 남아있었다. 그녀는 안내표지판을 들여다보았다. 길은 세 갈래였다. 눈앞에서 그대로 죽 뻗어있는 산책로와 우측으로 굽은 전망대길, 좌측으로 휘어진 길은 허브정원 쪽으로 돌아들었다. 소희는 허브정원을 한 바퀴 둘러 산책로로 되돌아 나오는 길로 방향을 잡았다. 자연에 인공의 손길이 더해진 길은 섬세하고 아름다웠다. 저마다의 독특한 향을 뿜는 각종 허브 식물로 꾸며진 정원은 말 그대로 향기 정원이었다. 소희는 로스마리 향에 이끌려 잠시 걸음을 멈추었다. 잎을 서너 개 따서 향기를 깊이 들이마셨다. 생풀의 향기가 전류처럼 찌르르하니 몸을 훑고 지나갔다. 그 향기는 해묵은 기억의 통각을 건드렸다.

그를 알게 된 건 스물네 살 무렵이었다. 전문대학을 졸업하고 화장품회사의 뷰티컨설턴트로 일하던 그녀를 친한 대학 선배가 남성 전용 피부관리실인 '마제스티'를 창업하면서 스카우트했다. 말이 뷰티컨설턴트지 전화 상담이나 판촉 행사장에서 화장법을 시연하는 것이 고작이던 그녀로서는 솔깃한 제안이었다. 선배는 그녀가 전문 지식을 구비한 데다 피부미인의 조건까지 갖춰 피부 관리실의 매니저로 적임자라고 했다. 미국이나 유럽에서는 이미 오래전부터 남성 전용 피부관리실이 번창하고, 우리나라에서도 전문직 종사자들 사이에서 빠르게 자리를 잡아가고 있었다. 고객들은 외모와 젊음이 비교 우위의 경쟁력이며 시대 변화에 따른 스마트하고 고급스러운 이미지가 성공한 남성상이라고 생각했다. '마제스티'의 주 고객은 맞선이나 결혼, 면접을 앞둔 사람, 이미지를 중시하는 정치인이나 사업가, 연예인들이었다.

그날, 소희는 퇴근길에 시내의 한 서점에 들렀다. 피부에 영향을 끼치는 외적 내적 환경에 관한 공부는 필수여서 정기적으로 뷰티 관련 도서를 구매하고 있었다. 마침 서점 한쪽에서 저자 사인회가 열리는 중이었고, 소희가 그 책에 관심을 보이면서 저자의 일행과 이야기를 나누게 되었다. 나중엔 분위기에 이끌려 뒤풀이까지 동행했다. 시준은 그 일행 중 리더 격으로 식사 메뉴나 좌석 배치까지 일일이 신경 쓰며 초면인 소희를 배려했다. 직업상 그녀는 사람의 피부에 먼저 눈이 갔다. 시준의 피부는 눈 밑이 그늘지고 이마와 뺨에 울긋불긋한 트러블이 있으며 건조했다. 원래 남자는 남성 호르몬인 테스토스테론의 영향으로 피지 분비가 왕성해 뾰루지나 여드름이 잘 생긴다. 거기다 잦은 면도나 흡연, 또는 음주와 공해로 인해 천연 보습막이 손상되기 때문에 거칠어지기 쉽다. 그의 피부도 마찬가지였다. 세련된 캐쥬얼룩에 박하향의 향수 취향, 눈 밑이 그늘진 것으로 봐서 컴퓨터를 많이 다루는 프리랜스 쪽인 듯했다. 그는 주로 이야기를 듣는 편이었고 재치 있는 리액션으로 모임을 유쾌하게 주도했다. 소희가 자신을 소개하자 일행 중 누군가가 빠르게 말을 받았다.

"요즘 피부는 권력, 외모는 스펙이래요. 일타강사 납셨네요."

여기저기 웃음소리가 들리고 시준이 과하게 두 팔로 환영한다는 사인을 보내자 모임은 더 활기를 띠었다.

시준은 바로 다음 날 '마제스티'에 왔다. 이직을 준비 중에 면접을 앞둔 상태라며 속성코스에 등록했다. 그는 한주에 두 번 피부관리실을 방문했다. 늘 고급스러운 단색 재킷에 줄무늬 스포츠셔츠를 깔끔하게 받쳐 입고 좋은 향기와 더불어 나타났다. 상큼한 과일 향, 싱그러운 숲의 향, 시원한 바다 향, 그 향기들은 그의 멋진 취향과 여유를 말해주는 듯해 눈을 끌었다. 사람의 얼굴을 촉감으로 익히는 건 확실히 친밀하고 감성적인 방식이었다. 그 대상이 매력적인 젊은 남자일 때는 더욱 그랬다. 짙고 가지런한 눈썹, 감정이 잘 드러나지 않는 깊은 눈자위, 각진 아래턱과 어린아이처럼 붉은 입술, 그의 취향만큼 섹시한 얼굴이었다. 손바닥에 닿은 그의 얼굴이 뜨거웠다. 소희는 경험상 피부의 온도가 곧 마음의 온도라는 걸 알았다. 그녀는 자신도 모르게 살며시 얼굴이 달아올랐다.

진정 효과가 강한 약초 팩과 보습 마사지로 그의 피부 트러블은 2주 만에 말끔하게 가라앉았다. 그는 놀랍도록 깨끗해진 얼굴을 보고 신기해하며 소희에게 새로운 제안을 했다.

"사실 제 진짜 문제는 얼굴보다 아토피에요."

"그건 피부과 영역인데요."

"그게, 말하자면…… 마음의 아토피요. 마음이 항상 건조하고 갈라져요. 소희 씨가 도와줘요."

그날 그에게서는 갓 켜놓은 삼나무 향이 풍겼다. 이상하게 마음이 놓이며 곁을 내어주고 싶은 냄새였다. 그가 앓고 있다고 한 아토피는 완치는 어렵겠지만 적어도 보습제 역할 정도는 해주고 싶었다. 소희는 그의 제안을 기쁘게 수락했다.

*

소희는 산책로 중간쯤에서부터 발이 아프기 시작했다. 굽이 높은 정장구두와 상아색 실크 원피스도 불편했다. 사랑의 고백을 받아내려는 필살 데이트 룩도 아니고 자신이 봐도 오버한 차림에 웃음이 나왔다. 그녀는 약속 장소를 찾아 두리번거리다 한쪽 숲에 반쯤 가려진 통나무집을 발견했다. 시준이 일러준 카페 '그루터기'였다. 소희는 카페의 나무문을 밀고 들어섰다. 실내는 숲속보다 서늘하고 실바람 같은 바이올린 곡이 흐르고 있었다. 그녀는 빈자리를 찾아 출입문을 등지고 앉았다. 종업원이 가져다준

물은 미지근하고 녹갈색의 천 소파에서는 이끼 냄새가 났다. 해묵은 시간의 냄새 같았다. 그녀는 눈을 감고 소파 등받이에 몸을 기댔다.

살갗에 밴 땀이 잦아들 무렵, 등 뒤로 카페의 나무문이 열리며 누가 들어오는 기척이 났다. 소희는 갑자기 가슴이 두근거렸다. 이어 기척은 실체로 소희의 맞은편 자리에 섰다. 기억 속의 모습과 눈앞의 얼굴을 맞춰보는 데 5초쯤 걸렸을까. 빛바랜 청색 데님 바지에 헐렁한 쥐색 티셔츠와 흰색 아쿠아슈즈를 신은 시준이 그녀를 향해 어색한 미소를 짓고 서 있었다. 그는 소희가 마지막으로 본 스물아홉 살의 시준이 아니었다. 혈색 좋은 얼굴에 허리둘레가 적당히 불어난 삼십 대 후반의 사내였다. 명품을 피부처럼 걸치고 다녔던 그였다. 그래서인지 지금의 모습은 변장한 것처럼 낯설었다. 그는 여전히 그 요령부득의 미소를 머금고 있었다. 그가 먼저 입을 열었다.

"그대로네요."

소희는 그의 첫인사에 대답하지 않았다. 재회한 연인들이 가장 흔히 하는 뻔한 인사말이었다. 소희는 대답 대신 그의 눈빛을 차분히 받으며 미소 지었다. 옛 연인을 만나러 간다는 말에 단골 미용실의 스타일리스트는 혼신을 다해 머리 손질을 해주었고, 청하지 않은 메이크업 아티스트까지 달려와 화장을 도왔다. 혹 예기치 않은 상황에서 눈물이 터지더라도 절대 지워지지 않을 밀착

파운데이션까지 동원한 컬래버레이션이었다. 완전 블랙코미디였다. 몸을 움직일 때마다 벤조인과 백리향 오일의 은은한 향내가 감질나게 풍겼다. 그의 눈빛이 불안하게 흔들렸다. 그는 의자 깊숙이 몸을 밀어 넣으며 다리를 포개고 상체를 뒤로 기댔다.

카운터에 서서 시준과 소희를 계속 힐금거리던 여자가 큐빅이 가득 박힌 샌들을 딸깍거리며 차를 주문받으러 왔다. 여자의 얼굴은 가랑잎처럼 시들었어도 호기심만은 감추지 못했다. 간혹 찻집 상호를 빌어 추억의 그루터기를 확인하려는 연인들을 곁눈질하는 게 취미인 듯했다. 하긴 야릇한 긴장감이 도는 분위기에 도무지 어울리지 않는 옷차림을 한 한 쌍의 남녀는 여자의 궁금증에 상상력을 추가했을 것이다.

시준은 아이스커피를, 소희는 로즈마리차를 주문했다. 소희가 아로마테라피를 공부하면서 가장 관심을 가졌던 풀이 로즈마리였다. 통증과 염증을 가라앉히고 피부의 재생 효과를 돕지만 날카롭게 쏘는 향기는 꼭 생채기 난 추억을 닮은 듯했다. 여자가 아이스커피와 유리다관에 담긴 로즈마리차 세트를 놓고 갔다. 소희는 연한 귤빛으로 우러난 로즈마리차를 천천히 음미했다. 차는 이슬처럼 순하고 부드러웠다.

“그동안 어떻게 지냈는지 궁금했어요.”

소희는 자신의 목소리가 제 귀에 너무 애틋하게 들리는 것을 개의치 않았다. 어쨌든 8년 만의 재회가 아닌가. 설령 거짓과 센

티멘털리즘 사이에 얼마쯤의 혼돈이 끼어든다 해도 바로잡고 싶지 않았다.

"정말? 근데 내 연락처는 어떻게 알았어? 전화 받고 깜짝 놀랐어. 하긴, 우리 식당이 스토리 있는 맛집으로 유명하니까."

시준은 기다렸다는 듯 말을 낮추며 여유 만만한 표정으로 돌아갔다. 소희도 말의 키를 맞췄다.

"무슨 스토리?"

"이별 맛집이라고, 매운맛의 신세계를 보여주거든. 헤어지는 남자 여자가 사이좋게 앉아 오열하면서 먹는 거지. 이별 스트레스엔 뭐니 뭐니 해도 매운맛이 직빵이야. 요즘 트렌드이기도 하고……."

"그래? 혹 기회가 되면 시식해 봐야겠네."

소희는 웃었으나 마음이 씁쓸했다. 이별과 맛집의 콜라보라니, 헤어진 뒤에 혼자 자책하고 혼자 절망하며 신파를 찍었던 그녀로서는 이해할 수 없는 정서였다. 확실히 사랑이 스티로폼처럼 가벼워진 시대였다. 그가 마른 손을 두어 차례 비벼 자신의 뺨과 턱을 쓰다듬었다. 피부는 거짓말을 하지 않는다. 모세혈관이 거미줄처럼 퍼져 있는 그의 얼굴은 지치고 나이 들어 보였다. 무절제한 생활이 남긴 흔적이었다. 그가 궁금증을 참지 못하겠다는 듯 단도직입적으로 물었다.

"결혼은 했고?"

“아직.”

“근데 잘해주는 사람이 있나 봐. 더 예뻐졌어.”

아이스커피를 단숨에 마신 시준이 느물거리며 말했다. 거침없는 말투며 요점을 피해가는 말솜씨도 전과 같았다. 그는 그 한마디에 소희가 허겁지겁 지난 이야기를 다 털어놓으리라 계산한 모양이었다.

“시준 씨도 그대로네. 진짜 하나도 안 변했다.”

그는 소희의 말에 흡족한 듯 활짝 웃었다.

“정말 하나도 안 변했어?”

그가 확인하듯 되물었다. 사물의 거리는 언제나 마음의 거리와 반비례한다. 시간이 흘러 멀찍한 거리에서 그를 바라보니 전에는 눈에 띄지 않던 모습이 뚜렷하게 보였다. 눈은 그 사람이 살아온 삶의 자국이라 했던가. 살이 찌면서 더욱 옴팍해진 눈은 의뭉스러웠고, 시소처럼 입 끝이 올라가며 눈이 감기듯 웃던 매혹적인 웃음도 한갓 싸구려 가면 같았다. 아마도 그는 소희의 말을 제대로 알아듣지 못한 듯했다. 그 말은 넌 여전히 이기적이고 가증스러워, 하는 뜻이었다.

“내가 너한테 그 얘기했던가?”

시준은 항상 그렇게 말을 시작했다. 소희를 위해 이야기의 중복을 피하기 위한 배려가 아니라, 그가 거느린 수많은 관계의 혼선을 피해가기 위함이었다. 그는 무슨 수집벽이라도 있는 것처럼 여러 부류의 사람들을 다 그의 삶으로 끌어들였다. 그가 인맥이라고 주장하는 사람들의 면모도 놀라웠다. 작가, 학원 원장, 호텔리어, 은행원, 심리상담사, 시인, 헤어디자이너 심지어는 카페 사장과 옷가게 주인도 있었다. 더 놀라운 건 그들 대부분이 여자라는 거였다. 그 때문에 그는 늘 분주했고 둘만의 만남에 끼어드는 사람들로 인해 대화의 흐름이 끊기고 산만했다. 참다못해 그 일로 다투기도 했다.

"인맥 다이어트 좀 하시지."

"그게 어때서, 다양한 사람들과의 교류가 남자의 재산이야. 유가증권 같은 거지."

"왜 재산이 다 여자들인데?"

"내 미학적인 취향 때문이지. 그 미학의 최고 가치가 여자고. 취향이란 정신의 입맛 같은 것으로 누구도 간섭할 수 없는 부분이야. 존중해줘."

교묘하게 둘러대는 그의 말은 그럴듯하면서도 충분한 해명이 될 순 없었다. 소희는 그의 미학적 취향에 말문이 막혔다. 그러나 이해되지 않는다고 비난할 수는 없었다. 사랑이란 부족한 것을 받아들이는 기술이며 이해를 뛰어넘는 영역이라고 믿었다. '마제스티'에 오는 남자들의 취향은 대체로 특이했다. 여성의 전유물이라 여긴 색조 화장을 즐기는 이도 있고, 길게 기른 머리를 펌이나 염색으로 멋을 내는 이도 있었다. 성적 취향이 남다른 이도,

독신주의자도, 트랜스젠더도 있었다. 사람의 입맛이 제각각이듯 취향 또한 따로따로였다. 더욱 쉽게 낫지 않는 그의 아토피는 보습의 인내가 필요하다고 생각했다.

"넌 내 미래의 마스터플랜이야."

가끔은 시든 화초에 물을 주듯 한 번씩 뿌려주는 그 말을 믿고 싶었다. 그 미래라는 말은 이상하게 소희의 갈등을 단숨에 잠재우는 힘이 있었다. 그 말은 사랑의 다른 말이며 약속이라 믿어 그와의 미래를 꿈꾸었고 그가 공부를 더 하겠다면 일을 계속해서 뒷바라지할 생각도 했다. 그러나 그 미래란 연대보증인이 없는 차용증서고 불확실한 사랑의 다른 말이라는 걸 몰랐다.

시준은 명품을 좋아했다. 먹을거리며 옷이며, 장소까지 명품을 고집했다. 물론 그도 금수저 출신에 이름난 대학을 졸업했기에 별 거부감은 없었다. 소피아 호텔은 시준이 다니는 어학원 부근에 있는 별 네 개짜리 호텔이었다. 그는 그 호텔의 분위기는 물론이고 식음료와 부대시설의 퀄리티까지 여느 곳과는 비교할 수 없이 뛰어나다고 주장했다. 출입객의 대부분이 외국인인 데다, 여자들의 옷차림은 마치 외국의 한 해변도시를 그대로 옮겨놓은 것처럼 야하다는 것을 빼면 그리 대단한 곳도 아니었다. 호텔 로비는 근처의 관광특구에 쇼핑하러 온 외국인들로 늘 시끌벅적했으며, 그들이 풍긴 독특한 체취로 어지러웠다. 소희는 거기서 그를 만나 턱없이 비싼 밥값이나 찻값을 낼 때마다 마음이 편치 않았다. 그러나 애인의 경제적인 비수기를 모른 체할 수는 없었다. 시준은 다니던 회사를 그만두고 유학 준비를 했고, 말끝마다 공부 중인 학생임을 강조했기에 으레 모든 경비는 그녀가 부담했다. 한번은 소희가 그의 생일 선물을 사주겠다고 했더니 봐 둔 게 있다고 해서 함께 보러 갔다. 소피아 호텔의 지하 쇼핑몰에 걸려 있던 재킷의 가격이 소희의 한 달 치 월급과 맞먹는 것을 알고 충격을 받았다. 그러나 소희는 좌절하지 않았다. 다른 건 몰라도 그에 대한 사랑만큼은 명품으로 만들어줄 각오가 되어있었다. 명품이 별것인가. 진심으로 한 우물을 파는 일관성과 특이한 취향까지 존중해주는 마음이 명품이라고 생각했다.

"아직 '마제스티'에서 일해?"

그가 옛 친구의 안부를 묻듯 스스럼없이 '마제스티'를 발음했다.

"아니, 다른 일 시작한 지 꽤 됐어. 고맙게도 시준 씨한테 아이템을 얻은 덕분이지."

"그래? 어떤 일인지 궁금하네. 사실 소희 씨한테 죄를 지었으나 한때의 실수였어. 미안해. 오늘 이렇게 만난 걸로 사면 받은 셈 칠게."

"사면 좋지. 사면권자의 특권이라는데."

"고마워."

그가 두 손을 맞비비며 어색하게 웃었다. 손에서 낯선 냄새가 피어올랐다. 온갖 감성적인 향수로 취향을 과시하던 그의 체취는 이제 누리치근한 냄새에 절어있었다.

“향수 취향이 바뀌었네.”

시준의 얼굴이 한순간 붉어지면서 눈빛이 흔들렸다. 그가 한숨을 내쉬듯 말했다.

“내 취향의 특성은 수명이 짧다는 거지. 그게 미학의 맹점이기도 하니까. 알고 있겠지만 결혼은 쫑났고, 미국에서 몇 년간 떠돌다 오니 부모님도 냉담해지고, 지인들은 등 돌리고, 이것저것 시도하고 있으나 쉽지가 않네,”

“장사는 어때? 불경기에 위치도 좀 외지고.”

“맛집 유명세 덕에 불경기는 패스고, 근데 여기까지 올 줄 몰랐어. 완전 감동이야.”

둘 사이에 잠시 대화가 끊기자 시준은 자세를 고쳐 앉으며 안절부절못했다. 침묵을 못 견딘 쪽은 늘 소희였다. 그를 만나는 동안 항상 소화불량증에 시달렸고 까닭 모를 초조함에 선잠을 잘 때도 많았다. 사랑하나 신뢰가 부족한 관계가 주는 스트레스 때문이었다. 그를 만나면서 마음이 편했던 적이 별로 없었다. 언제나 음정이 불안한 악기를 연주하는 것 같았다. 그러나 그 불안조차 사랑의 변주라고 믿었다. 그런 불안함 속에서 왜 시준을 2년이나 사랑했을까. 가끔 그 이유를 헤아려볼 때가 있었다. 선배가 얼굴에 상처 있는 남자에게 끌리는 건 묘한 스토리가 있을 듯

한 설렘 때문이고, 친구가 치와와처럼 작고 앙증맞은 남자를 좋아하는 건 안아보고 싶어 몸살 나기 때문이라고 했다. 소희도 그랬다. 그는 느낌이 좋은 사람이었다. 웃는 모습에 설레었고 좋은 체취를 가졌으며 옷 입는 감각이 남달라 눈이 즐거웠다. 언어 센스가 뛰어났는데 표현은 과하지 않고 간결해서 미더웠다. 가끔은 너무 간결해서 불친절하게 느껴지기도 했으나 그마저 진정성 있게 와 닿은 건 지난 기억의 학습 때문이었다. 전에 잠깐 만났던 남자들은 하나같이 시럽을 잔뜩 추가한 캐러멜 마키아토처럼 달았다. 달콤함도 총량이 있는지 육 개월 정도면 바닥이 나고 두 달쯤은 서로 김빠진 무설탕 콜라처럼 쳐다보다가 끝나곤 했다.

그날, 3주 만에 만나 석연찮은 침묵에 잠겨 있던 시준에게 소희가 먼저 입을 열었다. 시준에게서는 로즈마리 향이 났다. 강렬하게 쏘는 향기가 가시라도 돋친 듯 날카로웠다.

“그동안 많이 바빴어?”

“응.”

“무슨 일 있어?”

“나 곧 뉴욕으로 떠나.”

난데없는 그의 말에 소희는 당황했다.

“언제?

”다음 달에.”

“그럼 우리는?”

"음, 우린 그동안 의미 있는 좋은 시간을 보냈어. 하지만 새로운 검토가 필요한 단계라고 생각해."

"무슨 뜻이야?"

"계획의 수정이 불가피해졌다는 뜻이지."

"헤어지자는 말이야?"

"나도 많이 아쉬워."

무슨 투자 설명회도 아니고 그의 괴이한 이별 통보에 소희는 말을 잇지 못했다. 사랑에 어리석은 사람은 이별에도 어리석다. 어처구니없게도 갑자기 눈물이 터졌고 그 눈물이 절로 멈출 때까지 소희는 자신을 꾸짖듯 내버려 두었다. 그가 도망치듯 자리를 뜬 뒤에도 혼자 남아 드라마를 찍었던, 그녀 인생의 최악의 명장면이었다.

음악은 실내악곡이 잔잔하게 이어지더니 마침내 흥겨운 무곡으로 바뀌었다. 시준의 눈빛이 음악에 맞춰 춤을 추듯 일렁거렸다. 갑자기 그가 의자를 앞으로 당겨 앉으며 말했다.

"우리 종종 얼굴이나 보자. 추억에 늦거름이라도 줄 겸 말이야."

그는 소희의 얼굴을 훑어보며 대단한 호의라도 베풀 듯 말했다. 머리칼에 새치가 희끗거리면서도 여전히 반드러운 멘트를 날릴 수 있는 건 정말 타고난 재능이었다.

"좋지. 종종 보는 것의 조건이 충족되면……."

"어떤 조건?"

그가 의아한 얼굴로 처음으로 질문다운 질문을 했다. 소희는 깍지 낀 두 손을 탁자 위에 올려놓고 그를 가만히 바라보았다.

"거액의 유산을 물려주려고 나를 애타게 찾았거나, 나에 대한 죄책감으로 세 번쯤 빌딩에서 뛰어내릴 생각을 했거나……."

그가 큰 소리로 웃기 시작했다. 그 바람에 그의 입이 활짝 벌어졌다. 니코틴으로 찌든 치아가 어두운 갱도처럼 드러났다. 그는 짧게 웃고 나서 입안의 쓴맛을 지우기라도 하듯 물 한 컵을 들이켰다.

수정이 불가피하다는 시준의 계획이 소피아 호텔의 상속녀인 강지나와의 결혼이었고, 아이러니하게도 그마저 수정이 불가피했다는 걸 안 건 찌라시로 돌던 뉴스를 사실로 확인시켜준 선배 덕이었다. 그와 헤어지고 석 달 뒤였다. 강지나는 선배의 고등학교 후배이며 남친 문제로 불쾌하게 얽힌 적이 있던 인물이라고 했다. 선배의 말로는 지나가 싸가지 실종에 인하무인은 필수고 내린천의 급류를 즐겨 탈 만큼 스릴을 추구하는 타입에 남자들과의 스캔들도 역대급이라는 것이다. 선배가 들려준 결혼식 후일담은 완전 한판의 흙탕물 래프팅이었다.

발 디딜 틈이 없이 하객으로 가득 찼던 소피아 호텔의 결혼식장은 한순간에 난장판이 되었다. 호텔 상속녀인 강지나가 여기저기서 거액의 사채를 끌어다 쓰고 상환하지 못하는 바람에 호텔은 넘어가기 직전이고, 축의금이라도 압수하려는 대부업체가 식장에 들이닥친 것이다. 그 과정에서 심한 몸싸움이 일어나 사람이 여럿 다치고 경찰이 출동하고 하객들이 우왕좌왕하며 대피하는, 난리도 그런 난리가 없었다는 것이다. 선배는 그 결혼이 안 봐도 비디오라며 시준이 곧 부도 처리될 호텔에, 빚만 잔뜩 떠안을 미래를 선택할 리가 없다고 했다. 소희는 마음이 착잡했다. 강지나는 그의 유가증권 중 하나였다. 재산이 때로 재앙으로 바뀌기도 한다는 사실을 그는 미처 계산하지 못한 모양이었다. 불운한 건 자신이 아니라 시준이었다. 비공식적인 결별과 공식적인 파경은 리허설과 공연처럼 차이가 있다. 한쪽이 값비싼 교훈과 기회를 얻는 반면, 다른 쪽은 수치와 실패를 경험한다. 삶은 가끔 공정한 심판관처럼 정의로운 팔을 벌려서 앙갚음을 대행해줄 때가 있다.

어린아이를 포함한 네다섯의 일행이 찻집으로 들어오자 실내는 갑자기 수선스러워졌다. 문틈으로 따라 들어온 한 조각 빛이 낮의 기울기를 알려주었다. 테이블에 놓인 휴대폰에 은재의 문자가 조용히 떴다.

"당신의 오후는 어때요?"

얼굴에 절로 웃음이 피어났다. 장원莊園의 넓이만 한 그의 안부에 소희는 같은 답을 보낸다.

"가벼워지는 중이에요."

시준의 얼굴에 감출 수 없는 호기심이 떠오르며 눈동자가 와

이퍼처럼 바삐 움직였다.

"바빠 보여. 일이 많은가 봐."

"그러네."

소희는 짧게 얼버무렸다. 그동안 그녀의 삶에도 많은 변화가 있었다. 실연의 시간이 값진 시련으로 그녀를 담금질한 것이다. 대체요법으로 주목받던 천연 향기에 관심을 가진 것이 주효했다. 아이러니하게도 기억 속에 독한 그을음 같이 눌어붙어 있던 향기가 바로 사업의 아이템이 된 것이다. 식물의 향기는 스트레스로 인한 피로를 개선하고 면역력을 높여 자연치유의 효과가 뛰어났다. 소희는 일본으로 단기유학을 다녀오고 국제 아로마테라피스트 자격증도 땄다. 그리고 5년 전에 사업을 시작했다. 병원이나 요양소, 전문매장 아파트 등에 천연향을 리필해주는 서비스였다. 전시회나 공연장, 각종 문화공간에 적합한 향을 입혀주고 특정 브랜드의 시그니처 향을 개발하기도 했다. 사업은 기대 이상이었다. 소희는 그 수익금으로 작은 사옥도 마련했다. 1년 전 사옥을 리모델링하면서 은재를 만났다.

시준이 잠시 썰렁해진 분위기를 수습하려는 듯 소희에게 직장 연락처를 알려달라고 했다. 소희는 핸드백에서 명함 한 장을 꺼내 그에게 내밀었다. 소희가 대표로 되어있는 회사 명함이었다. 시준의 얼굴에 당혹한 표정이 스치더니 갑자기 그녀 쪽으로 상체를 기울이며 급하게 속삭였다.

"사실 그동안 후회 많이 했어. 내 인생이 본격적으로 꼬이기 시작한 게 소희 씨와 헤어진 뒤부터야. 우리 다시 시작하자."

옷자락을 움켜잡듯 다급한 목소리였다. 나른하던 그의 눈에 비굴한 빛이 떠오르며 얼굴 가득 웃음이 번졌다. 갑자기 시준의 휴대폰에서 간드러진 컬러링이 흘러나왔다.

'죽어도 못 보내. 내가 어떻게 널 보내.'

시준이 주춤거리며 전화를 받자 여자의 앙칼진 소리가 짜랑짜랑 쏟아졌다. 장사는 파리 날리는데 어디서 뭘 하고 있느냐고 짜증내는 소리였다. 시준은 작은 소리로 가까운 곳이라고 대답했다. 여자가 다시 신경질적으로 밀린 월세는 어쩔 거냐고 다그쳤다. 그는 금방 갈 거라고 대답하며 얼른 전화를 끊었다. 그가 어색하게 웃으며 말했다.

"주방장이야, 돼지고기 양념 하나는 끝내주거든."

소희는 웃음이 치밀었다. 그의 새로운 취향은 미학과 거리가 먼 완전 생존 스타일이었다. 소희는 어쩌면 그가 달라졌을지도 모른다는 기대가 여지없이 어긋났다는 걸 알았다. 그는 오히려 더 뻔뻔해졌다. 영혼은 한 귀퉁이가 떨어져도 결코 변하지 않는 존재인 모양이다. 가시나무에서 포도를, 엉겅퀴에서 무화과를 딸 수 없는 이치와 같을 것이다. 갑자기 모든 것이 선명해졌다. 그의 불운과 찌질함에 연민으로 잠시 흔들렸던 마음조차 미련 없이 사라지는 걸 느꼈다.

그의 마지막 체취는 로즈마리향이었다. 무덤가에 심겨져 망자를 추억하는 정령精靈이 깃들인 풀, 소희는 주머니 속에 따 넣은 로즈마리 잎을 꺼내 손가락으로 문질렀다. 잎사귀는 비명이라도 지르듯 악착스럽게 향기를 풍겨냈다. 소희는 뭉개진 로즈마리 잎을 빈 찻잔에 올려놓았다. 작별의 향기로는 안성맞춤이었다. 창밖에는 몇 년 만에 맛본 나른한 오후가 기울어가고 있었다.

"반가웠어. 이제 누구에게도 상처 주지 말고 선한 인연 만들며 살아."

소희는 진심으로 그가 잘 살기를 바랐다. 그의 얼굴에서 웃음기가 완전히 가시고 표정이 천천히 일그러졌다. 헌 슬리퍼처럼 팽개쳤던 여자에게서 전화가 걸려왔을 때만 해도 그는 기고만장했을 것이다. 마치 휴면예금이라도 발견한 양 회심의 미소를 지었을지 몰랐다. 소희는 핸드백을 쥐고 일어섰다.

"잊지 말고 한 번씩 들려줘."

그의 눈에 마지막 안간힘 같은 표정이 떠올랐다. 소희는 마른 웃음으로 대답했다. 그건 아니오, 하는 것보다 더 차가운 거절이었다.

소희는 찻값을 계산하고 밖으로 나왔다. 카운터의 여자가 미스터리 영화의 엔딩 장면을 보는 눈빛으로 소희를 쫓았다. 원하는 만큼의 충분한 단서를 얻지 못한 여자는 곧 시준에게 눈을 돌려 수수께끼의 나머지 답을 찾으려 할 것이다.

소희는 화장실에 들러서 손을 씻었다. 묵은 때를 제거하듯, 낡은 허물을 벗겨내듯, 오래오래 손을 씻었다. 그의 기억을 완전히 떨쳐내지 못했던 건 어쩌면 그 촉감 때문이었을지 몰랐다. 지문처럼 흉터처럼 그녀의 손에 남아있던 시준의 느낌. 그녀는 비누거품과 함께 그 모든 감상의 찌꺼기를 배수구에 깨끗이 흘려보냈다.

소희는 주차장까지 빠른 걸음으로 걸었다. 공기는 기분 좋게 서늘했고 저녁 이내가 먼 산허리를 감아 돌면서 숲의 체취는 더욱 짙어졌다. 민트 향, 세이지 향, 유칼립투스 향, 안티모스크 향……. 그녀는 천천히 숨을 들이마셨다. 아로마 샤워를 한 듯 몸과 마음이 상쾌했다. 한 달 전, 은재는 소희에게 프로포즈하며 숲의 숨결처럼 속삭였다.

"당신을 내게 데려온 모든 날과 길을 사랑할게요."

은재의 고백처럼 그녀도 제 인생의 모든 날을 사랑하게 될 것이다. 병과 약이, 상처와 싸매임이 함께 한 날들을, 그녀는 숲의 향기로운 배웅에 답하듯 함박미소를 지었다. 몸이 날아갈 듯 가뿐했다.

안개 소리

안개 소리

그는 자전거를 천변에 세우고 수초 사이로 스멀스멀 괴어오르는 안개를 바라보았다. 안개는 이 도시에서 가장 흔한 기상현상이었다. 어느 때나, 어느 곳에서나 불쑥 머리채를 풀고 나타났다가 슬그머니 자취를 감추곤 했다.

W시로 발령받은 지 넉 달이 지났건만 이 도시는 아직 통성명도 안 한 사이처럼 서먹서먹하다. 그 서먹함 속에는 납득할 수 없는 불길함마저 깔려있어서 그를 긴장시켰다. 안개는 미등이 켜질 무렵엔 W시 전체를 자욱하게 덮었다. 도시는 그물에 사로잡힌 한 마리 물고기처럼 비릿한 호흡을 내뿜으며 충혈된 눈을 끔벅거렸다.

이사하는 날은 비가 내렸다. 시의 경계를 넘을 때까지 말짱했고, 일기예보에도 없던 느닷없는 소나기에 그는 마음이 언짢았다. 그러잖아도 젖은 속옷을 입은 것처럼 몸과 마음이 내내 눅눅하던 그였다. 어머니의 장례를 치른 지 채 한 달이 안 된 데다, 이사라고 해야 통근 거리를 좁히려 인접 시의 낡은 연립에서 W시의 서쪽 끝에 위치한 작은 아파트로 옮기는 것에 불과했고, 그것마저 얼마간의 대출까지 걸머져야 했다. 언짢았던 일은 그뿐이 아니었다. 부동산에서 만난 주인 여자에게 전세 잔금을 건넨 뒤에야, 이삿짐이 이미 일주일 전에 아파트를 빠져나간 것을 알았다. 시댁으로 들어간다기에 도배라도 할 수 있게 딱 하루만 편리를 봐달라고 사정했을 때도, 원칙대로 하자며 눈썹 하나 까딱하지 않던 여자였다. 원칙이라는 말이 언제부터 인정머리 없는 자들의 변호인으로 둔갑했는지 알 수 없었다.

그는 비가 그치기를 기다리며 아내와 아파트 상가에 있는 식당에서 이른 점심을 먹었다. 상가에 하나뿐인 허름한 식당은 체중을 싣기 불안할 정도로 의자마다 삐걱거렸고, 물크러진 야채 쓰레기가 함부로 발에 차였다. 그는 육개장을 먹었다. 육개장은 맵고 누릿했으며, 알리바이처럼 두어 점 띄워놓은 고기는 가죽보다 질겼다. 그는 밥을 반공기도 채 먹지 못했다. 그는 이 도시의 불친절과 무성의에 대해 노골적인 반감으로 얼굴이 굳어졌다.

식사를 마친 뒤에도 비는 계속 쏟아졌다. W시의 온갖 잡다한 냄새가 젖은 땅에서 질펀하게 올라왔다. 동물의 배설물과 흡사한 그 냄새는 그가 담당 지역을 순찰할 때마다 질리도록 맡는 냄새였다. 그 냄새에서 그는 이 도시의 현주소를 읽었다. 겉은 멀쩡해 보이나 지하 깊숙이 묻힌 하수관이 터져 오수가 새듯, 사람들도 그렇게 낡은 하수관처럼 서서히 부식되어가고 있는 듯했다.

미처 장비를 갖추지 못한 영세한 이삿짐센터의 인부들은 통로의 경비실 앞에서 줄담배를 피우며 비가 그치기를 기다렸다. 담뱃갑만 한 경비실은 문이 닫힌 지 오래인 듯 깨진 화분과 수취인 불명의 우편물이 서너 개 떨어져 있을 뿐, 경비원은 그림자도 없었다. 그는 아파트 계단을 성큼성큼 걸어 올라가서 403호의 문을 열었다.

살림살이를 몽땅 들어낸 아파트는 물 뺀 웅덩이처럼 적나라했다. 가구 뒤쪽의 벽지에서 은밀하게 서식하던 곰팡이는 비밀스러운 지도를 드러냈고, 끼리끼리 모여 수군대던 먼지 뭉치들은 화들짝 놀라 사방으로 흩어졌으며, 국적을 알 수 없는 동전 한 개가 죽은 채 엎드려 있었다. 그는 결정적인 단서를 찾으려는 감식요원처럼 집안 여기저기를 샅샅이 훑어본 뒤에 동전을 집어 주머니에 넣었다.

소나기의 기세가 한풀 꺾인 틈을 이용해서 이삿짐을 나르기 시작한 건 오후 두 시가 지나서였다. 그는 인부들을 도와서 자잘한 짐들을 날랐다. 올망졸망 꾸려진 살림살이를 보자 기분이 몹시 을씨년스러웠다. 10년쯤 세월이 지나 그가 마흔 중반에 이른 다 해도 내 집 마련의 꿈은 불가능할 것 같았다.

인부들이 돌아간 시간은 어둠이 젖은 미역처럼 창에 한 겹씩 달라붙기 시작한 어스름 저녁이었다. 아내는 체리목의 실내 가구와 전혀 어울리지 않는 점토색의 아크릴 커튼을 쳐서 바깥과 실내를 완전히 차단했다.

*

W시의 순찰지구대에 근무하는 그의 주된 임무는 관내 치안을 위한 방범순찰이었다. 모든 범죄가 다 그렇듯 검거보다 예방이 우선이었다. 범죄의 기회를 사전에 차단하고, 억제함으로써 범죄가 발생하지 않도록 최선을 다하는 것이다. 그가 근무하는 곳은 관내에서 가장 기피하는 6지구대였다. 업무량이 많고 사고와 위험은 많으며 근무 여건이 나쁘다고 소문난 곳이었다. 장비라고는 업무의 효율성이나 경제성과는 거리가 먼, 구형 디지털카메라와 프린터기, 캐비닛, 신발장, 옷장, 구식 게시판, 전화 등으로 전부 낡아서 간신히 작동하는 것뿐이었다. 그러나 그가 자청한 자리였다. 뛰는 범죄에 기는 장비로 대처하자면 사람이 그 역할을 대신할 수밖에 없었다. 그는 자신이 그 자리에 적임자라고 믿었고, 그 일에 몸 바칠 각오도 했다.

그가 관할하는 지역은 천변을 에워싼 유흥가가 밀집해 있어서 밤마다 기본적으로 발생하는 술값 시비와 폭력사건 외에도 공무집행방해나 절도 등이 끊이지 않았다. 거기다 주취자의 소란은 갈수록 도를 더해갔다. 며칠 전엔 한 주취자의 난동으로 지구대의 기물이 부서지고 폭행까지 당했다. 상당히 취한 상태였음에도 불구하고 몸을 제법 쓰는 놈인지 주먹이 빨랐다. 미처 몸을 피할 새도 없이 강한 어퍼컷이 날아왔고, 눈앞에 별똥별이 무더기로 지나갔다. 아래턱의 통증으로 그는 사흘 동안 음식물을 씹지 못했다. 그는 그 일로 며칠간 무기력한 상태에 빠져 있었다. 그러나 그런 놈을 과도하게 제압하다가 자칫 몸에 상처라도 입히면 더 복잡한 문제가 생기기 마련이었다. 본서에 바로 민원이 들어가게 되고 상사로부터 호된 문책이 따랐다.

가끔은 무다이얼링도 끼어들었다. 서장은 관내 독거노인들에 대해 관심이 많았다. 수시로 그들의 안전을 점검하고 정기적으로 방문하기도 했다. 그러던 중 그들의 삼분의 일 이상이 위급한 상황이 발생했을 때 제대로 대응하지 못한다는 걸 알고, 곧바로 독거노인들을 위한 맞춤형 치안서비스를 제공했다, 그게 무다이얼링이었다. 수화기만 내려놓으면 7초 뒤에 자동으로 지령실에 연결되어 인근 순찰차량이 즉각 출동하는 시스템이다.

무다이얼링이 접수될 때마다 그는 기억의 싸늘한 윗목에 누워 있는 어머니를 떠올렸다. 요양간호사의 말과 달리 어쩌면 어머니는 혼자서 마지막 순간을 맞이했을지도 몰랐다. 깊이를 알 수 없는 캄캄한 어둠 속에서, 더 이상 자해할 힘도 없이 죽음이 자신을 집어삼키려고 다가온 순간, 어머니는 무슨 생각을 했을까.

어머니가 사망했다는 연락을 받고 고향의 한 요양원을 찾은 건 4주 전이었다. 지병인 협심증과 당뇨가 있었다고는 하나, 일흔넷의 나이에 세상을 등진다는 건 애석한 일이었다. 고통 없이 편히 가셨다는 요양간호사의 말이 그나마 위로가 되었다. 마침내 어머니는 자신과의 긴 싸움을 끝내고 평온에 든 것이다. 비록 죽음으로 이뤄낸 평온이었다 해도 축하할 일이었다. 어머니는 자신이 원하는 모습과 그렇지 않은 실제 사이에서 늘 피투성이가 되도록 싸웠다. 그 싸움에 패한 때가 바로 광포해지는 순간이었다. 어릴 때 어머니에게 맞아서 팔뼈가 두 번이나 부러지기도 했던 그는 그 괴리에 대해 잘 알았다.

그가 중학생이 되면서 힘에 부치자 어머니는 자해를 하기 시작했다. 가위로 자신의 머리를 쑹덩쑹덩 자르거나, 손목에 불거진 푸른 핏줄을 칼로 찌르고, 스카프로 목을 조이기도 했다. 그러나 모두 미수에 그쳤을 뿐, 죽을 만큼은 아니었다. 그런 뒤에 어머니는 태연하게 모자를 쓰거나 손목에 붕대를 감고 외출했다.

어머니는 자신에게 바라는 게 너무 많았다. 절제와 인내, 거기다 평온함과 우아함까지 갖추길 원했다. 그것은 어떤 현자나 왕녀라 할지라도 갖추기 어려운 덕목으로, 히스테릭하고 인내심이라곤 터럭만큼도 없는 어머니에게는 애당초 도달하기 어려운 덕목이었다. 어머니는 사람들에게 늘 우아하고 평온한 모습을 보여 주려 애썼다. 그럴수록 내적 갈등은 더욱 팽창해서 어느 순간 걷잡을 수 없이 폭발하곤 했다. 그는 어머니가 부드러운 음성과 눈길로 그를 대할 때 가장 두려웠다. 불안정한 어머니의 감정이 언제 또 표변할지 몰랐기 때문이다. 아버지가 자살한 뒤에 어머니가 우울증을 앓고 있었다는 걸 안 건 그가 고등학생이 된 뒤였다.

그는 입관식에서 어머니의 마지막 얼굴을 보았다. 7주 만의 대면이었다. 어머니는 평소 그가 요양원에 찾아가도 별로 반기지 않았고, 만나면 딱히 서로 할 말도 없었다. 달갑지 않은 의무를 행사하기 위해 두 시간 거리를 달려가는 일이 점점 따분해지자, 그는 자신의 의무를 두 달에 한 번으로 조정했다.

어머니의 얼굴은 화장사가 정성 들여 화장했음에도 불구하고 전혀 평온하지 않았다. 일생동안 거짓된 미소를 가면처럼 썼던 어머니도 생의 마지막 순간만큼은 가장 정직한 표정을 드러냈다. 삐뚜름하게 굳은 입매는 운명을 조롱하는 듯했고, 좁은 미간은 짜증과 불평의 도끼날이 다녀간 듯 깊숙이 패어 있었다. 생전에 어머니는 화장을 거의 하지 않았다. 다만 표 나지 않게 단장했던 부위가 있었다면 바로 눈썹이었다. 연갈색 섀도로 결을 따라 부드럽게 이어준 아치형의 눈썹은 부드럽고 평온한 모습을 상징하는 거짓 트레이드마크였다. 더욱이 나이보다 깨끗한 피부와 가느다란 눈은 감정의 깊이를 가늠하기 어렵게 만들었다.

그는 화장사에게 어머니의 눈썹 단장에 각별히 신경을 써달라고 부탁했다. 그의 말을 잘못 이해한 화장사는 어머니의 특징 없는 인상을 보완하기 위해 눈썹을 각지고 진하게 그렸다. 그 이상한 눈썹 때문에 어머니의 얼굴은 더 완강하고 불행해 보였다. 그는 어머니의 슬픈 미간을 쓰다듬으며 편히 가시라고 작별인사를 했다. 경박하기 짝이 없는 눈물은 그 순간, 안도하는 심정에 아부라도 하듯 한 방울도 흘러나오지 않았다.

*

안개는 더 자주 출몰했다. 이제 그는 술집이나 시장통, 심지어 사람들의 눈 속에서도 안개를 목격했다. 사람들의 눈은 백내장이 낀 듯 뿌옇다가도 어두워지면 야릇한 광채를 내뿜었다. 자살 미수나 방화 사건이 발생하고 패거리 싸움도 잦아졌다. 현장에서 검거된 피의자들은 놀랄 만큼 태연자약했다. 처음부터 죄의식이나 후회를 느낄 수 없도록 설계된 존재처럼 보였다. 안개는 마침내 인간의 의식까지 잠식한 것 같았다. 지구대 내에서도 위태로운 공기가 감지되기 시작했다.

최근 김 소장은 비이성적인 것이 어떤 것인가에 대해 전형적인 본보기를 보여주었다. 풍선처럼 한순간 빵, 터져 버리지 않을까 싶게 시뻘겋게 달아오른 얼굴로 그에게 험한 욕설을 화염방사기처럼 내뿜었다. 분노가 김 소장을 완전히 집어삼킨 꼴이었다. 그는 김 소장의 이해할 수 없는 분노에 대해, 그리고 그 분노를 유발시킨 사건에 대해 곰곰이 생각했다. 보고가 지체되는 건 종종 발생하는 일이었다. 초기에 수습하려는 의지가 과하다 보면 공조에 혼선을 빚게 되고, 의도와 달리 진행이 늦어질 수도 있었다. 그 때문에 온몸을 분노에 투척한다는 건 이해할 수가 없었다. 평소의 냉철함은 어디로 간 걸까. 김 소장은 최근 들어 벌써 세 번이나 그에게 분노를 폭발했다. 폭발의 강도는 점점 거세져 마지막엔 그가 집어던진 집기에 맞아 눈의 실핏줄이 터지기도 했다. 동료들은 그런 그에게 아무런 위로도 건네지 않았다. 오히려 분을 뿜고 나면 탈진 상태로 까라져 있는 김 소장을 위로했다. 그런 일이 반복되면서 그는 점점 침울해졌다.

그는 저녁이면 자전거를 타고 천변 길을 순찰했다. 안개는 벌써 천변 둘레에 매복해 있었다. 그는 안개의 지문이라도 채취하려는 사람처럼 모든 감각을 곤두세웠다. 그 회색 무리들은 감미로운 술책으로 그를 유인했다. 길고 축축한 혀로 목덜미를 미끄럽게 핥거나, 짙은 살 냄새를 풍겨 혼미하게 만들었다. 그럴 때면 술에 취한 것처럼 몸에 열감이 느껴지고, 고통스러운 기억들이 꿈속인 듯 아득해졌다. 그는 안개 속에 그대로 빨려 들어가고 싶은 충동을 느꼈다. 그럴 때마다 그는 자신의 사명을 돌이켰다. 그의 사명은 악을 징벌하는 것이다. 배가의 응징, 그것이 그의 교전 수칙이었다.

마침내 그는 안개 속에서 지극히 희미하지만 거의 확실하다고 믿을 수밖에 없는 하나의 흔적을 찾아냈다. 그것은 소리였다. 톤을 한껏 낮춘 조소와 비아냥거림으로 터질 듯 음흉한 웃음소리였다. '킬, 킬, 킬' 그 소리는 숲의 가만한 뒤채임처럼 은밀한 율동을 가지고 그의 머릿속으로 스며들었다. 그것은 또 몸 밖의 소리가 아닌, 몸 안의 절규처럼 그의 감각을 두드려 깨웠다. 갑자기 머리칼이 곤두서고 심장이 끓어오르며 허파를 부풀렸다. 알 수 없는 분노가 우두둑 관절을 일으켜 세웠다. 불끈 움켜쥔 그의 주먹이 전동칫솔처럼 부르르 떨렸다.

*

아내는 이삿짐 박스를 거실에 쌓아둔 채 잠들어 있었다. 어디가 편치 않은지 겁먹은 벌레처럼 잔뜩 웅크린 모습이었다. 아내의 얼굴은 눈두덩에 바른 푸른 섀도 때문에 파리하고 고달파 보였다. 화장을 한 채 잠드는 긴 시신뿐이라고 믿는 그에게 아내의 그런 버릇은 난감하기 짝이 없었다. 어쩌다 한밤중에 깨어 흐린 스탠드 불빛에 비친 아내의 기괴한 얼굴을 볼 때면, 마치 무덤 속에 함께 누워있는 듯해 섬뜩해지곤 했다. 그는 최근 아내의 민낯을 본 적이 없었다. 몇 겹으로 동여맸는지 모를 비밀스러운 표정만을 볼 뿐이다. 채색 유리 같은 눈이 거북해서 그는 아내와 눈을 맞추지 않았다. 눈을 맞추지 않으니 마음도 멀찍이 비껴갔다.

사랑에 대해 특별한 환상이 없는 사람은 만남에 별 가탈을 부리지 않는다. 상대의 미모나 매력이 만남의 선행 조건이 되지 않을뿐더러, 결정적인 역할을 하지도 않기 때문이다. 마음에 잔물결이라도 이는 순간이 있다면 그건 온기였다. 단단히 동여매지 않은, 어딘가 느슨한 존재의 틈새로 흘러나오는 온기, 그러나 대체로 아름답고 매력적인 대상일수록 그런 온기와는 거리가 멀었다.

그의 용모 또한 남의 눈을 끌만한 어떤 매력도 없었다. 건어물처럼 바싹 마른 몸이며 건조한 표정, 거기다 뚝뚝 부러지는 말투까지, 사람들은 그를 보면 웃다가도 웃음을 뚝 그쳤다. 도저히 웃음이 투과하지 못할 듯한 표정 때문이었다. 그의 표정에 절대적으로 기여한 사람은 어머니였다. 언젠가 어린 그가 어머니를 보고 웃었을 때 비웃는다며 호되게 뺨을 맞은 뒤 그는 더 이상 웃지 않았다. 웃지 않았을 뿐 아니라 그의 무의식은 웃음을 작동시키는 안면근육까지 퇴화시켜버렸다. 이해할 수 없는 건 웃음을 잃자 눈물도 사라졌다는 것이다. 웃음과 눈물이 어떻게 같은 메커니즘인지는 몰랐다. 다만 자신의 의식과 상관없이 수시로 밀려드는 희비의 조수潮水를 막기 위해 무의식이란 놈이 높다란 방조제를 쌓았을지도 몰랐다.

늘 혼자였지만 외로움에 대해서도 애달파해 본 적이 없었다. 인간의 호의와 악의를 구분하기가 쉽지 않았고, 이미 외로움이 체질화되어 있었기에, 사실 외롭지 않다는 게 어떤 건지도 잘 몰랐다.

아내는 어디서나 쉽게 만날 수 있는 평범한 여자였다. 작고 통통한 체격에 발음이 분명치 않은 중간 톤의 목소리, 금방 돌아서도 도저히 그 윤곽을 떠올릴 수 없는 지극히 평범한 외모였다. 거기다 상대를 제압하기는커녕 시선 처리마저 제대로 하지 못하는 눈은 어찌 보면 다소곳하나 달리 보면 매우 비밀스럽고 자폐적이었다. 그러나 그가 원하는 것을 지니고 있었다. 말이 없다는 거였다. 묻는 말에 짧게 답하거나 고개를 주억거리는 것이 전부였다. 말이 없는 대신 잘 웃었다. 그의 모든 말에 박수를 치듯 활짝 웃어주었다. 웃음이 만능키라는 사실을, 웃음이 가장 깊은 대화라는 사실을 그는 아내를 통해 깨달았다. 말이 없으니 질문도 없었다. 무슨 음식을 좋아하는지, 취미와 혈액형은 무언지, 가족관계는 어떤지, 아무 것도 묻지 않았다. 둘 사이에 시도 때도 없이 끼어드는 긴 침묵을 불편해하지 않았고, 어떤 요구나 주문도 없었다. 그녀의 그런 모습은 늘 높다란 나뭇가지에 걸려있는 듯 불안하게 출렁거리던 그의 마음을 땅에 편히 내려놓게 했다. 이미 세상 떠난 아버지는 물론이고, 요양원에 있는 어머니에 대해 설명하지 않아도 되고, 20년째 소식이 끊긴 누나에 관해 털어놓을 필요도 없었다. 심지어 그녀는 그가 자신을 어떻게 생각하는지조차 궁금해하지 않았다. 마치 비밀스러운 어떤 임무를 띤 사람처럼,

그림자보다 더 조용히 그의 곁에 머물렀다. 그런 경우는 대개 두 가지 정도의 이유가 있을 수 있었다. 그녀도 그와 마찬가지로 떠벌리고 싶지 않은 허접한 사연을 가지고 있거나, 아니면 삶에 대한 지극히 무덤덤한 태도 때문이었다. 그 무덤덤함이 위장술이든 삶에 지친 결과든 타고난 성격 탓이든 상관없었다. 번거로운 것을 싫어하는 성격까지 비슷해서, 그는 간단한 서류 신고만으로 아내와 결혼생활을 시작했다.

그는 불을 끄고 거실로 나왔다. 그런 뒤 거실에 쌓아둔 이삿짐을 정리하기 시작했다. 그대로 버려두면 정리와는 담쌓은 아내가 집 꼴을 갖추는데 몇 달이 더 걸릴는지 몰랐다. 결국 불편한 건 자신이었다. 그는 며칠째 박스마다 뒤져서 옷을 꺼냈고, 출근할 때면 현관에 밀쳐둔 박스에서 구두 짝을 찾아 신었다. 그럴 때마다 그는 걷잡을 수 없이 분노가 치밀곤 했다. 현관이란 젊은 부부의 스킨십을 위한 장소지 화를 돋우는 장소가 아니었다.

그는 박스에서 물건을 꺼내 제자리에 넣은 뒤에 신발장도 정리했다. 신발장은 묵은 먼지로 퀴퀴하고 더러웠다. 그는 신발장을 대충 닦아내고 신발을 제자리에 넣었다. 경첩이 망가진 신발장은 문을 여닫을 때마다 주저앉아서 마치 탈구한 관절을 꿰맞추듯 안간힘을 써야 했다.

*

W시의 도심을 가로지르는 강의 가장 큰 지류인 서쪽 천변에서 발견한 시체는 오른쪽 팔목이 잘린 30대 초반의 사내였다. 상처 부위가 연장으로 처리한 것처럼 깨끗한 걸로 보아서 원한관계에 의한 살인으로 추정되었다. 시체의 신원은 폭행 전과가 있는 자로 얼마 전 지구대에서 취중 난동을 부린 적이 있었다. 형사과 강력팀이 파견되어 사내에 대한 조사가 시작되었다. 거주하던 원룸을 수색하고, 휴대전화 통화내역과 휴대전화 전원이 마지막으로 켜진 위치를 중심으로 탐문조사까지 벌였으나 더 이상의 진전은 없었다. 거기다 김 소장의 실종까지 겹쳐 지구대는 갑자기 비상이 걸렸다.

김 소장이 모습을 감춘 지 사흘이 지났다. 휴대전화는 꺼져있고 가족들과도 연락두절이었다. 가족이라고 해야 이혼한 전처와 그 전처가 맡아 기르는 딸 하나가 전부였다. 전담부서가 설치되고 본부에서는 순찰 인원을 늘리라는 지시가 떨어졌다.

그는 자전거를 타고 서쪽 천변을 순찰했다. 자전거 순찰은 차량의 진입이 곤란한 주택가 골목길이나 공원, 천변, 재래시장 등을 자유롭게 돌아볼 수 있고, 주민들과 긴밀한 접촉도 가능해서 정보 수집에 도움을 주었다. 또한 주민들에게 친근감을 주고 배기가스를 줄여 환경보호에도 앞장섰다.

얼마 사이에 수초가 우거진 천변은 물길이 눈에 띄게 좁아졌다. 물 냄새는 탁하고 비릿했다. 저녁이면 산책하는 사람들로 붐

비던 천변 길은 살인사건 이후 인적이 끊어졌다. 어쩌다 지나는 사람마저 쫓기듯 바삐 지나갔다.

느리게 스쳐가는 풍경 사이로 냄새를 가득 실은 바람이 천변 너머에서 불어왔다. 먼지 냄새, 땀 냄새, 화장품 냄새, 고기 타는 냄새, 알코올 냄새, 지린내, 비린내, 노린내, 암모니아 냄새, 냄새, 냄새……. 하루의 서글픈 일상이 저물어가는 냄새였다. 그 모든 냄새 중에 가장 견디기 힘든 것은 선지 비린내였다. 제 몸 어디에서 나는 듯한, 낯익은 듯 낯선, 근원도 확실치 않은 그 냄새 때문에 그는 심한 두통까지 앓았다. 그는 몸을 씻고 또 씻었다. 그가 유독 냄새에 민감한 것은 타고난 체질 탓도 있었다. 손발이 차고 설사가 잦은 그는 쉽게 체하고 식성도 까다로웠다. 거기다 후각 또한 남달리 예민했다. 직장에서도 부재중에 누가 자신의 물건에 손을 댔는지 냄새로 금방 알아챘다. 심지어는 씻어놓은 컵에서 좀 전에 누가 그 컵을 사용했는지도 알았다. 동료들은 그에게 공항 근무를 추천하며 더 이상 마약탐지견이 필요 없게 되었다고 비아냥거렸다.

그제는 시에서 유명하다는 이비인후과 병원을 찾아갔다. 눈이 길고 매섭게 생긴 젊은 의사는 그의 콧속, 귓속, 목안까지 꼼꼼히 들여다보며, 몇 가지 질문과 검사를 하더니 의외의 소견을 내놓았다. 냄새가 그의 머릿속에 있다는 것이다. 냄새가 몸 안에 있다는 말은 태어나 처음 듣는 소리였다. 의사는 극히 개인적이고 심리적인 체험에 속하는 것으로, 어떤 독특한 냄새를 풍기는 사람이나 상황에 강한 느낌을 받으면 그 냄새에 대해 과민반응을 일으킬 수 있다고 했다. 그는 구체적인 두통의 증상을 예로 들어 실제의 냄새가 존재한다고 주장했다. 의사는 냄새에서 발생한 화학성분이 콧속의 통각을 자극해서 두통을 일으키기도 하지만, 그것 또한 심리적인 요인이라고 했다. 선지 비린내가 존재하는 곳이 기억 속이라니, 기억을 아무리 헤집어보아도 그는 냄새에 대해 어떤 실오리기만 한 단서도 찾지 못했다.

그는 퇴근하는 길에 마트에 들렀다. 마트에는 놀랄 만큼 많은 종류의 탈취제가 있었다. 신발에서부터 발, 의류, 자동차, 실내용까지 가지 수도 셀 수 없을 정도였다. 그러나 머릿속의 냄새를 없애는 탈취제는 없었다.

*

후각이 둔감하던 아내가 갑자기 냄새에 예민해졌다. 냄새에 예민해지면서 식탐도 자취를 감추었다. 유통기한이 지난 빵과 과자가 봉지도 뜯기지 않은 채 식탁에 그대로 놓여있고, 식품을 사다 나르는 일도 없었다. 아내는 잠이 많아졌고 더욱 게을러졌다. 그가 출근할 때 보여준 자세로 퇴근 때까지 그대로 누워있는 날도 있었다. 그는 답답했으나 아내에 대해 아는 게 거의 없었다. 아내가 자신에 대해 전혀 이야기를 하지 않기 때문이다. 남쪽 지방 어디에 거주한다는 장모도 만난 적이 없고, 왕래하는 친척마저 없었다. 심지어 친구와 통화하는 걸 본 적도 없었다. 어쩌다 궁금증을 참지 못해 그가 몇 마디 묻기라도 하려면 아내는 심문에 응하지 않으려는 피고처럼 입을 완강하게 다물었다. 최근엔 무엇을 숨기고 있는지 그를 보면 깜짝깜짝 놀라기까지 했다. 밝혀지지 않은 것은 물론이고, 이미 밝혀진 사실조차 다시 한번 검증하고, 확인하는 그의 직업적 특성은 그럴 때 의심의 경광등이 번쩍거렸다.

아내는 보이는 그대로가 자신의 모습이라고 주장하는 듯했다. 그건 더욱 괴로운 일이었다. 보이는 것마다, 아내가 보여주는 것마다, 그는 참을 수 없는 고통을 느꼈다. 집안 여기저기에 널려있는 음식 부스러기와 과일 껍질들, 발효와 부패의 중간에 놓여있는 온갖 냄새 사이로 초파리들이 극성을 부렸다. 모든 물건은 항상 뒤엉켜있거나 종적이 묘연한 상태여서 주인과 숨바꼭질을 해야 했다. 오직 제자리에 놓여있는 거라곤 3인용 소파와 19인치 텔레비전 정도였다. 옷을 갈아입는 것도 게을러서 늘 밤색 코르덴바지에 색 바랜 누런 티셔츠 차림이었다. 그는 결혼 전에 혼자 지내던 자신의 방을 떠올렸다. 방문하는 이가 아무도 없었으나 늘 완벽하게 정리정돈이 되어있었다. 물건이란 물건은 못질이라도 한 것처럼 모두 제 자리에 붙어 있었고, 집기나 가구도 얼룩 한 점 없이 청결했다. 그의 자취방에 들렀던 아내는 선뜻 자리에 앉지 못했다. 무섭다는 것이었다. 어른보다 아이가 더 무섭다거나, 원칙이 혁명보다 무섭다는 얘긴 들어보았어도, 깨끗한 게 무섭다는 말은 금시초문이었다.

며칠 전에는 화장대 서랍에 들어있던 아내의 가계부를 몰래 들쳐보았다. 가계부의 항목에는 삐뚤빼뚤한 글씨로 사과, 과자, 고기 같은 항목만 쓰여 있고 세세한 내용은 일체 기록하지 않았다. 지출 난에도 애매모호한 숫자의 스케치 같은 기록만 있었다.

그건 수입과 지출을 빈틈없이 짜 맞추는 가계부와는 전혀 다른 성격의 기록이었다. 결혼 전에 혼자 살면서 파 한 단, 달걀 한 개까지 꼼꼼하게 기록했던 자신의 가계부와 비교하면 완전 엉터리 주먹구구였다.

아내의 얼굴은 하루가 다르게 초췌해져 갔다. 살이 빠져 광대뼈가 도드라진 얼굴이 노골적인 병색을 드러냈다. 야근을 하고 아침에 귀가했을 때, 아내가 화장실에서 토하는 것을 보고서야 그는 아내가 임신했다는 걸 알아챘다. 심장이 지진 난 것처럼 무섭게 요동쳤다. 가슴이 뻐근할 정도로 격렬한 몸의 반응에 그는 당황했다. 그러자 곧 그것이 자신도 알지 못하는 사이 진심으로 기대했던 일이었다는 걸 알았다. 그는 아내에 대한 자신의 무신경을 자책했다.

그는 퇴근하기 전에 아내를 위해 마트에서 귤 한 봉지를 샀다. 급격한 변화는 자신이 먼저 감당하기 쑥스러웠다. 그가 견딜만한 변화는 고작 귤 한 봉지 정도였다.

*

숨이 끊어질 듯 괴로운 비명소리에 그는 잠이 깼다. 눈을 뜨니 주위는 물속처럼 고요했다. 그는 최근 종종 이상한 꿈을 꾸었다. 자신이 비명을 지를 때도 있고 어디서 비명소리가 들릴 때도 있었다. 그 소리는 매번 너무 처절해서 잠이 깨면 기억만으로도 전신에 소름이 돋았다. '킬, 킬, 킬' 안개 소리는 더 자주 그의 귀를 맴돌았다.

그는 달아난 잠을 잡아오기 위해 눈을 감았다. 그러나 잠은 이미 아득한 거리로 사라진 뒤였다. 감은 눈 속으로 심야 영화를 상영하듯 수많은 얼굴들이 어지럽게 지나갔다. 비몽사몽간에 짧은 악몽까지 다녀갔다. 그는 머리맡에 놓인 시계를 보았다. 새벽 두 시였다. 아내는 부장품처럼 곤히 잠들어 있었다. 그는 자리에서 일어나 고양이 걸음으로 거실로 나왔다. 캄캄한 거실 벽을 점자처럼 더듬어 스위치를 켰다. 화들짝 놀란 어둠이 검은 망토 자락을 끌고 재빨리 사라졌다. 그는 어둠이 빠져나간 자리를 휘둘러보았다. 가뜩이나 좁은 거실은 변함없이 지저분했고, 세탁기 속에 들어있어야 할 빨래 거리가 여기저기 쌓여 있었다.

그는 커튼 사이로 창밖을 내다보았다. 맞은편 동의 불빛 몇 점이 흐릿하게 깨어 어둠을 밝히고 있었다. 그 불빛처럼 흐린 기억의 틈새로 얼굴 하나가 떠올랐다. 그가 열다섯 살 되던 해 집을 나간 누나였다. 얼굴이 네모지고 뚱뚱했던 누나는 공부도 늘 꼴찌였다. 거기에 어울리지 않게 겁이 많아서 어두워지면 문밖을 나가지도 못했다. 누나는 특히 이런 시간에 깨어 있는 것을 무서워했다. 귀신이 돌아다니는 불길한 시간이라고 했다. 귀신이 어디 있느냐고 핀잔하면 누나는 단호하게 말했다.

"밤중에 변소에서 오줌 눌 때 귀신이 등 뒤에서 내 머리칼 세는 소리를 똑똑히 들었어. 넷을 셀 때 뛰쳐나왔지. 머리칼을 다 센 사람은 죽는대."

그렇게 귀신을 무서워하던 누나는 지금 어디서 곤한 잠에 빠져 있을까. 어쩌면 귀신보다 더 무서운 삶이 그녀의 잠을 훼방하지는 않을까. 그는 냉장고에서 생수를 꺼내 한 컵 가득 따라 마셨다. 잠이 덜 깬 식도 근육이 놀랐는지 목 안이 뻐근했다. 그는 탁자 위에 놓인 어지러운 신문 더미 속에서 리모컨을 찾아 텔레비전을 켰다. 볼륨을 최대한 낮췄음에도 불구하고 첫 화면에서부터 날카로운 비명이 튀어나왔다. 그는 비명을 이해하려고 화면에다 두 눈을 고정시켰다. 화면을 꽉 채운 여자의 벌거벗은 몸에서 붉은 피가 쏟아졌다. 유명 정치인이 내연녀의 입을 영원히 틀어막는 방법이었다. 현장을 처음 발견한 호텔 청소부가 지른 비명이 메아리가 되어 울렸다. 피는 살아있는 물체처럼 꿈틀거리며 화면 아래로 길게 흘러내렸다. 그는 피를 멈추려고 급히 텔레비전을

꼈다. 갑자기 밀려든 정적과 함께 심장이 크게 요동쳤다.

희망은 언제부터 욕망이란 단어로 대치된 걸까. 사람들은 그것을 아는지 모르는지 욕망으로 달려가기를 주저하지 않는다. 신용카드처럼 욕망을 자동 결제한다. 청구서가 도착할 때쯤엔 현실적인 문제 앞에서 후회하지만, 그 후회를 잊기 위해서 또 다른 욕망에 탐닉한다. 그는 간밤에 6지구대의 한 호프집 앞에서 주운 전단지를 떠올렸다.

'우리의 씨름은 혈과 육을 상대하는 것이 아니요 통치자들과 권세들과 이 어둠의 세상 주관자들과 하늘에 있는 악의 영들을 상대함이라.'

어느 종교 단체의 집회를 알리는 글이었다. 괴로울 만큼 난해한 글이었지만 정신을 긴장시키는 무엇이 들어있었다. 어둠의 세상 주관자들은 누구며 하늘에 있다는 악의 영들은 또 무엇인가. 그 주장들이 사실이라면 보이지 않는 삶의 배후에 그토록 많은 악의 복병이 있다는 게 놀라웠다. 전단지의 분위기는 이미 전쟁이 선포되었음을 알리는 듯했다. 총알과 폭탄이 난무하는 곳만 전장이 아니었다. 죄악이 들끓는 곳도 전장이었다. 갑자기 그의 마음속에서 몇 개의 의문들이 빠르게 고개를 들었다. 신은 선한 존재라면서 왜 악을 창조했을까. 신의 변호인인 어떤 신학자는 신은 절대선이며 악을 창조하지 않았다고 주장했다. 세상은 절대 선에서 유출되었으며, 신의 사랑에서 폭발한 마그마가 흘러나

오는 것이 창조의 과정이라고 말이다. 그러나 마그마는 산 밑으로 내려오면서 점점 온도가 식어간다. 물론 식어도 본질은 같으며 용암이라는 것이다. 신학자는 악을 정의하길, 창조에서 멀리 떨어져 있는 상태, 바로 사랑의 결핍이 악이라고 했다. 그래서 악이 존재한다기보다 선이 결핍되었다는 게 옳다는 것이다. 교묘한 변론이었다. 선에서 파생되어 단지 온도가 식었을 뿐이라는 마그마가, 즉 사랑의 결핍이 악이라면 그는 이제껏 악의 구덩이에서 악을 먹고 마시며 살아왔다. 그의 피와 살을 이룬 모든 것이 악이다. 갑자기 현기증이 일며 잇새로 토막토막 끊어진 신음이 흘러나왔다.

*

아내는 텔레비전을 보고 있었다. 그녀는 텔레비전을 좋아했다. 몇 시간이고 그 앞에서 시간을 보낼 때가 많았다. 특별히 즐겨보는 프로그램이 있는 것도 아니었다. 그저 화면을 통해 흘러나오는 것이면 무엇이든 좋아했다. 아내는 천변에서 발생한 살인사건에 대해 아무 질문도 하지 않았다. W시가 발칵 뒤집어지도록 시끄러운 이 일에 아내의 반응은 의외였다. 말이 없는 것과 표현이 없는 것은 달랐다. 어쩌면 아내의 침묵은 가장 확실한 의사표현일 수도 있었다.

현란한 조명 아래 상반신을 검은 가죽으로 동여맨 네댓 명의 남자가 노래인지 신음인지 모를 소리를 중얼거리며 몸을 격렬하게 흔들어댔다. 그는 음악을 좋아하지 않았다. 음악은 이상하게 그의 기분을 멋대로 조종하며 혼란스러운 잔상을 남겼다. 자신도 모르게 뇌리에 입력된 노랫말이 뜻 없이 입술에서 맴돌기도 했다.

아내는 미동도 하지 않고 텔레비전에 정신이 꽂혀 있었다. 푸른 아이새도 아래 깜박이는 눈동자가 무슨 생각에 잠겨있는지 도무지 알 길이 없었다. 불과 반년 전만 해도 종일 웃음을 켜놓고 살던 사람이라고는 믿어지지 않게 낯선 얼굴이었다.

텔레비전에서는 일일 드라마를 방영하고 있었다. 아내의 검은 머리칼이 텔레비전에서 흘러나온 불빛을 받아 번들거렸다. 그는 눈을 감았다. 요즘 왠지 잠이 부족했다. 야간근무 날을 제외하곤 충분히 잔다고 믿는 데도, 아침에 눈을 뜨면 눈알이 뻑뻑하고 온몸은 축축하니 무거웠다. 밤새 이슬을 맞으며 거리를 헤맨 사람 같았다. 더구나 오늘은 종일 두통에 시달린 날이었다.

"아이는 안 낳을 거야."

아내가 갑자기 그에게 드라마 대사 같은 멘트를 날렸다. 아이를 낳지 않겠다니? 마치 예매해둔 영화표를 무르거나, 예정된 일정을 취소하겠다는 심상한 말투였다. 그의 심장이 물 위를 지나는 제트스키처럼 빠르게 달렸다.

"미쳤군, 이유가 뭐야?"

그의 날카로운 반격에 아내가 무슨 소리냐는 듯 놀란 눈을 뜨고 그를 돌아보았다. 아내의 얼굴 위로 의혹과 두려움이 천천히 지나갔다. 그는 순간 자신이 잘못 들었을지 모른다고 생각했다. 어쩌면 텔레비전 속에서 튀어나온 소리였을지도 몰랐다. 드라마 속의 여자들은 언제부턴가 완곡하게 말하는 법을 버리고 강하고 직접적인 표현을 한다. 그 날카로운 말투를 대할 때마다 그는 못에라도 찔린 듯 움찔움찔 놀라곤 했다. 그는 잠시 숨을 고른 뒤에 이 이상한 상황을 이해하려고 노력했다. 잘못 들었다고 믿기엔 너무나 확연한 뜻이 담긴 말이었다. 혹 아내의 마음속 깊이 꽁꽁 숨겨둔 생각은 아니었을까. 그는 최근 들어 남이 듣지 못하는 소리를 자주 들었다. 그 소리들은 너무 은밀하고 적나라해서 감춰둔 내면의 소리가 아닐까 하는 의심이 들었다. 그는 잠깐 생각을 정리하기로 했다. 그러나 찬찬히 더듬어 생각하기엔 기분이 영 언짢았다. 아내에게서 먼저 그 이유를 찾아야 했다. 경험상 거짓말탐지기를 동원하지 않더라도 상대의 호흡이나 표정에서 진위를 가려낼 수 있었다. 아내의 눈은 어느새 텔레비전으로 돌아가 있었다. 그는 침착하게 아내의 표정을 훑었다. 그러자 모든 것이 이유가 되고, 또 모든 것이 이유가 되지 않는다는 것만 알 뿐, 더 이상은 알아낼 수가 없었다. 한 가지 실낱같은 단서라면 어떤 고뇌의 흔적도 발견할 수 없는 아내의 무심한 입술과 달리 눈에서 이상한 광채가 번뜩인다는 거였다.

*

실종되었던 김 소장이 강 하구에서 사체로 발견되었다. 목에 마트 상호가 인쇄된 오렌지색 포장끈이 감겨 있는 것으로 보아 자살을 시도했거나 아니면 교살당한 것으로 추정했다. 김 소장의 죽음은 최근에 보인 심리적 증상을 참작하여 자살 쪽으로 무게가 실렸으나, 확실한 사망 원인을 밝히기 위해 부검을 의뢰했다.

그는 자전거를 타고 천변 길로 퇴근했다. 피곤하고 기분이 몹시 언짢은 날이었다. 빨리 집에 가서 눕고만 싶었다.

현관에 들어서자 거실 창가에 처음 보는 벽돌색 꽃무늬 여행가방이 하나 놓여있었다. 그의 얼굴로 열기가 확 솟구쳤다. 아내가 가끔 재활용 분리수거함에서 집어오는 물건 중의 하나일 수도 있으나 언뜻 봐도 새것 같았다. 그는 직감적으로 아내가 몰래 병원에 다녀왔고, 곧 그의 곁을 떠날 것이라고 확신했다. 그의 몸이 사납게 떨렸다.

아내는 커다란 냄비에 물을 끓여 국수를 삶았다. 그는 식욕이 전혀 없었다. 국수 국물에서 나는 멸치 비린내가 비위에 거슬렸다. 아내는 국수를 그릇에 담고 냉장고에서 배추겉절이를 꺼냈다. 배추겉절이에 혈흔처럼 점점이 엉긴 고춧가루를 보자 그는 마침내 구역질이 치밀었다.

아내는 긴 국수 가락을 한 번도 자르지 않고 그대로 입속에 밀어 넣었다. 거의 흡입하는 수준이었다. 숨을 쉬는 게 용했다. 아내가 입술에 묻은 고춧가루를 혀로 핥으며 그에게 눈빛으로 먹기를 채근했다. 아내의 혀가 그렇게 붉고 긴 줄은 처음 알았다. 등줄기로 서늘한 바람이 지나갔다. 그 서름한 느낌은 자신도 이해하기 힘든 불길한 감정이었다. 손에 끈적한 땀이 고였다. 그의 국수는 이미 불어서 한 덩이로 엉겨 있었다.

아내는 마음이 바쁜지 자신의 빈 국수 그릇을 개수대로 가져가서 서둘러 씻었다. 갑자기 머리가 뜨거워지며 심장에서 북소리가 났다. 온몸의 피가 결승점을 향해 달음박질하는 것 같았다. 그의 아이를 마음대로 처형하고 이대로 떠나게 둘 수는 없었다. 그는 경찰봉을 꽉 움켜쥐고 자신도 모르게 자리에서 벌떡 일어섰다. 그의 서슬에 놀란 아내가 뒷걸음을 치며 식탁 의자를 넘어뜨렸다. 그의 몸이 과녁을 겨냥한 탄환처럼 앞으로 튀어나가는 순간, 의자에 발이 걸려 균형을 잃고 고꾸라지며 머리를 바닥에 부딪쳤다. 갑자기 머릿속에서 폭약이 터진 듯 큰소리가 울리며 격심한 통증이 밀려왔다.

눈을 뜨니 이상하게 그는 부엌 바닥에 누워있었다. 축축한 목덜미와 뺨으로 흘러내리는 액체에서 선지 비린내가 났다. 그를 여러 날 괴롭히던 바로 그 냄새였다. 그는 당황해서 몸을 일으키려 했다. 그러나 어쩐 일인지 몸이 전혀 움직여지지 않았다. 아내의 모습이 흐릿하게 보였다. 경찰봉을 한 손에 쥔 아내가 기묘한 표정으로 그를 내려다보고 있었다. '킬, 킬, 킬' 머릿속에서 안개 소리가 들렸다.

*

김 경장은 지구대 사무실에서 상황 근무를 하고 있었다. 자정을 1시간 정도 앞둔 시각이었다. 보고서를 작성하다 유리문에 비치는 그림자에 고개를 들었다. 사무실 밖에 웬 커다란 가방을 든 여자가 서성이고 있었다. 야간근무를 하다 보면, 심야에 지구대를 찾는 사람들이 더러 있었다. 그러나 막상 문 앞에 와서까지 들어오지 못하고 망설이는 사람은 이런 곳이 처음이거나, 말 못 할 어떤 사정이 있는 경우였다. 그는 문을 열고 나가 여자를 안으로 들였다.

여자는 밤색 코르덴바지에 색 바랜 누런 티셔츠를 입고 있었고, 얼굴엔 성한 곳이 한 군데도 없었다. 상습적인 구타의 흔적으로 보이는 상처가 얼굴 곳곳에 남아있었다. 양 뺨의 찰과상 외에도, 코뼈가 휘었고 눈두덩엔 섀도를 칠한 것처럼 짙푸른 멍이 들어있었다. 여자는 꽃무늬로 뒤덮인 조잡한 진홍색 가방 속에서 무언가를 주섬주섬 꺼냈다. 아마 가해자와 관련된 물건인 듯했다. 하루에도 수많은 민원을 취급하지만 창구에 와서 직접 증거물을 제시하는 경우는 드물었다.

몇 가지의 겉옷과 속옷, 양말, 그리고 경찰봉과 검정 비닐봉지, 그 비닐봉지 속에 다시 신문지로 여러 겹 싼 뭉치 안에 든 것은 검자주색 피가 엉겨 붙은 코팅 장갑과 휴대용 쇠톱, 그리고 마트 상호가 새겨진 오렌지색 포장끈이었다. 두 건의 살인사건으로 강력팀에서 눈에 불을 켜고 찾던 바로 그 증거물이었다. 여자는 지적 장애가 있는 듯했다. 피 묻은 경찰봉을 한 손에 꼭 쥔 채 고자질하는 어린애처럼 의기양양하게 웃고 있었다.

나의 바나나 통조림

나의 바나나 통조림

금요일 오후의 로즈데일 거리는 자동차와 사람들로 맥주거품처럼 넘쳐났다. 떠들썩하고 생기찬 거리의 분위기와 달리 내 기분은 몹시 우울했다. 넉 달 동안 만났던 T가 오늘 정오에 문자메시지로 이별을 통보했기 때문이다.

"간 기능 수치 상한가. 당분간 결단코 안정. 그동안 즐거웠음."

7월의 뜨거운 태양이 표준 자오선을 지나는 순간, 사랑의 고백이 아닌, 이별을 통보받은 여자는 지구상에서 아마 내가 처음일 것이다. 더욱 간 기능 수치가 이별의 사유로 제시된 예는 연애 경력 11년에 처음 있는 일이었다. 심리적인 이유보다 충격의 정도는 가볍다고 해도, 실망스럽긴 마찬가지였다. 물론 갑자기 꿀 먹은 벙어리가 되어 사라진 인간도 있었다. 내가 기대했던 건 좀 더 참신하고 예의 바른 방식이었다. 이를테면 근사한 레스토랑에서 저녁식사를 하고, 분위기 좋은 카페에서 모히토라도 한 잔 마시며 간략한 이별의 브리핑을 한 다음, 키스로 마침표를 찍고 헤어지는 것이다. 그러나 T는 그 모든 절차를 무시하고 마치 일용직 알바를 해고하듯 이별을 통보했다. 그것도 개드립 수준의 변명을 늘어놓고서 말이다.

사랑에 배려가 없는 인간은 이별도 배려할 줄 모른다. 사랑도 병맛이더니 이별은 먹튀까지 했던 인간을 만난 적도 있었으니 말이다. 2년 전 봄에 브라질로 이민 간다며 떠난 K를 한 달 뒤에 어느 쇼핑몰 식당가에서 우연히 마주쳤다. 옆구리에 매달려 있던 어린 말라깽이와는 이미 서로 주무르다 못해 짓물러 터진 사이로 보였다.

"어떻게 된 거야?"

K는 무안한 기색이라곤 눈곱만치도 없이 마치 말귀 어두운 누이를 타이르듯 태연자약하게 지껄였다.

"내가 말한 건 메타포지, 은유법 말이야. 진짜 간다는 게 아니라 마음의 거리를 말한 거지."

거의 지명수배 급인 그의 뻔뻔함에 나는 애써 웃으며 말했다.

"그럴 필요 없었는데 괜히 헛수고했네. 네가 브라질에 갈 때 나도 인도로 날랐거든."

머쓱한 표정으로 멀어져 가는 그의 등에다 대고 내가 소리쳤다.

"혹시라도 귀국하게 되면 꼭 연락해."

K는 물론 두 번 다시 연락하지 않았다. 어쩌면 그의 이별 방식으로는 지금쯤 지구를 한 바퀴 돌고 나서 화성쯤에 가 있을지도 모른다.

"얼간망둥이 같은 놈, 송장메뚜기 같은 놈."

나는 입에서 비린내가 나도록 실컷 욕을 해대며 혼자 저녁식사를 하러 갔다. 경험으로 봐서 기분이 죽을 쑨 이런 날은 호사스럽고 맛깔진 메뉴일수록 진정 효과가 뛰어났다. 단시간에 혈당치를 확 끌어올려서 기분을 돋구어줄 뿐 아니라, 잠깐 사이에 들이닥치는 카드 청구서로 인해 현실로 복귀하는 시간이 앞당겨지기 때문이다. 늘 느끼는 거지만 이별은 한꺼번에 세 파인트쯤의 피를 뽑고 난 뒤처럼 기운이 빠지고 허탈하다. 더욱 서른이라는 아찔한 경계를 밟고부터 마음도 몸의 세포처럼 탄력이 떨어져 마음을 추스르는데 적잖은 시간이 걸렸다.

나는 차이니스 레스토랑에서 특품 냉채와 캐슈넛 닭고기 고추볶음과 전가복을 주문했다. 혼자 먹기엔 확실히 많은 양이었으나, 음식은 위장으로 먹기보다 기분으로 먹을 때도 있다는 걸 알고 있었다. 저녁식사는 말하자면 마음을 위한 만찬이었다.

음식은 내 기대를 완전히 저버렸다. 캐슈넛은 너무 눅었고, 닭고기는 참을 수 없이 밍밍했으며, 송이와 전복은 그림자도 없이 정체불명의 해산물만 굴 소스에 은신해 있었다. 나는 짜사이를 힘주어 씹으며 분을 지그시 눌러 삭혔다. 오늘 같은 날은 아무리 용써 보아야 옴짝달싹할 수가 없는 모양이다. 어쩌면 바다 한가운데서 폭풍을 만난 조각배 같은 운세일지 몰랐다. 물결이 잠잠해질 때까지 그저 납작하게 엎드려있을 도리밖에 없었다.

내 맞은편에 앉아 짜장면을 짜장면답게 씩씩하게 먹고 있는 한 쌍의 남녀는 영구 짝짓기를 한 커플로 보였다. 생김새뿐 아니라 피부 빛깔, 웃는 표정, 심지어 음식을 먹는 모습까지 그대로 닮았다. 저런 경지에 도달하려면 얼마쯤의 시간이 걸릴까. 앞으로도 상당기간 짜장면을 수프처럼 야지랑스레 먹어야 할 비애가 문득 목을 메이게 했다. 나는 한숨을 삼키고 혀를 태울 듯 독한 죽엽청주를 주문해서 반병이나 마셨다.

거리에 나서자 취기가 발치에서부터 올라왔다. 다리에 힘이 풀리면서 땅속으로 그대로 잦아들 것 같았다. 가장 먼저 취하던 슬픔도 오늘은 어찌된 게 울분까지 등에 업은 채 말똥말똥 눈을 뜨고 있었다. 로즈데일 거리를 지나는 사람들이 전부 연인들로 보였다. 언젠가 T와 들렀던 카페 하바나의 투명 창으로 스파게티를 포크에 감아 여자의 입에 곰살맞게 넣어주는 남자의 모습이 보였다. 불확실한 시대는 사랑도 증거주의로 내닫는지 이제 연인들의 애정 표현은 낯 뜨거울 만큼 노골적이다. T도 저 못지않게 노골적이었다. 그러나 사랑이 깨어지면 그런 증거들은 쓰고 난

콘돔처럼 버려진다. 어느새 커다란 휴지통으로 변해버린 지난 시간들을 떠올리자 갑자기 정신이 번쩍 났다.

나는 우울한 감정의 응석을 내박차기로 작정했다. 이별이란 그저 몇 개의 익숙한 습관을 바꾸는 일일뿐이다. 주말을 혼자 빈둥거리는 일, 영화를 함께 보러갈 친구를 물색하는 일, 그리고 휴대폰과 잠시 적대관계에 놓이는 일 등을 제외하면 그렇게 절망적인 것도 아니다. 새로운 문이 열리는 신호이기도 했다. T보다 훨씬 잘생기고 듬직하며 두 번에 한 번은 꼬박꼬박 내던 밥값을 전담하는 슈퍼 울트라 캡숑을 만날 수도 있을 테니 말이다. 우선 집에 돌아가서 어머니가 말려놓은 쑥과 엉겅퀴를 욕조에 풀어 목욕하고, 바나나 스무디를 한 잔 마신 뒤에 한잠 자고 나면 훨씬 기분이 나아질 것이다. 이런 일은 수없이 겪었기에 그 과정 또한 수학 공식처럼 빠삭하게 꿰고 있다. 수요일 저녁쯤엔 한동안 소원했던 친구들을 불러 모아 여름휴가 계획을 짜며 우정을 다질 것이고, 저녁 식사 후엔 어머니와 내기 장기도 둘 것이다. 나는 차츰 기분이 가라앉는 걸 느끼며 발걸음을 빨리했다. 그 순간 나는 갑자기 무엇인가에 세차게 부딪쳐 보도에 그대로 고꾸라질 뻔했다. 나는 곧 그게 마주 오던 무리 중의 하나며 내가 가해자라는 사실을 깨달았다. 어깨에 남은 얼얼한 통증으로 보아 상대에게도 그 이상의 충격을 가한 것이 틀림없었다.

이 분노조절장애 시대를 살아가려면 많은 것이 자동화되어 있어야 한다. 사람 사이를 매끄럽게 헤엄쳐 나가는 유연성과 시비가 번지기 전에 재빨리 무마할 수 있는 순발력 있는 멘트, 예를 들면 '어머, 정말 죄송해요. 진심 감사해요. 너무너무 수고하셨어요.' 같은 노글노글한 대사들이다. 더구나 오늘처럼 운세가 불길한 날은 더더욱 몸을 사려야 한다. 나는 그중 하나의 멘트를 골라 상대의 얼굴을 확인하기도 전에 신속하게 날렸고, 그리고 그보다 더 신속히 그를 지나쳤다.

"자, 잠깐만."

뒤에서 다급하게 외치는 소리가 들렸음에도 불구하고 나는 걸음의 속도를 늦추지 않았다. 통상 시비의 전조는 그렇게 시작될 때가 많다. '그런 뻔한 말로 쉽게 빠져나갈 생각 마라. 제대로 정중하게 사과를 해라.' 뭐 그런 종류의 까칠한 사람을 만난 적도 있었기 때문이다. 우선은 발 빠른 모면이 최선이었다.

"고운정……."

커다랗게 울리는 내 이름 소리를 듣고서야 나는 걸음을 멈추고 뒤를 돌아보았다. 베이지색 재킷을 한쪽 팔에 걸친 웬 젊은 남자가 얼굴이 상기된 채 빠른 걸음으로 다가오고 있었다. 세상에서 내 몸을 아는 남자가 한 다스쯤 되는데, 그중에서 가장 구체적으로 아는 한 남자가 시비와는 전혀 상관없이 반가운 얼굴로 나를 바라보고 있었다. 갑자기 술이 확 깨면서 반년 전 아랫배에 난, 갈치 뼈 같은 작은 수술 자국이 찌르르하니 신호를 보냈다.

그날 한밤중에 급작스러운 복통이 시작되었을 때 나는 좀 몽롱한 상태였다. S와 헤어지고 혼자 호텔 레스토랑에서 안심스테이크와 칠레산 와인으로 자가 치료를 한 날이었기 때문이다. 감각이 무딘 중에도 복통은 이제껏 겪었던 단순한 생리통이나 배탈과는 전혀 다른, 몸 전체로 번지며 숨 막히게 몰아붙이는 통증이었다. 가까운 병원 응급실로 실려 갔을 때는 구토와 호흡곤란의 증세까지 더해서 거의 실신할 지경이었다. 급성 충수염이라는 진단에 나는 응급수술을 받았다. 그는 그날 가운 앞자락에 내 토사물 세례를 받은 영상의학과 의사였다. 그는 그런 난처한 상황에서도 유머를 잃지 않고 환자를 안심시켜주었다.

"냄새로 보아하니 아주 비싼 와인을 드신 것 같은데 아까워서 어쩌죠."

말쑥한 용모에, 리코타 치즈처럼 말랑한 목소리를 가진 남자의 유머는 진통제 이상이어서 격렬한 복통이 다 멎을 지경이었다. 그는 그날 내 뼈 마디마디와 장기와 내장까지 샅샅이 영상 촬영했다. 내 자궁이 후굴인 것도, 미추골이 하나 더 많은 것도 알아냈다. 그때를 기억하자 나는 갑자기 얼굴이 달아올랐다. 더욱이 그는 내 이름까지 기억하고 있었다. 쉬운 이름이긴 해도 무려 여섯 달이나 머릿속에 저장되어 있었다면 기억력이 끝내주게 비상하거나 다른 특별한 의미가 있을법했다. 그는 그 시간에 왜 혼자 거리에 있는지 내게 묻지 않았다. 나는 정식으로 인사를 했다.

"그땐 정말 죄송했어요. 아직 앙심을 품고 계신 건 아니죠?"

"종종 있는 일인데요 뭘, 근데 여전히 복부 소견은 별로네요."

"어떻게 별론데요?"

그는 영상의학적인 예리한 눈길로 나를 한참 주시하더니 아주 심각하게 말했다.

"장이 잔뜩 꼬였고 위는 바싹 오그라들었어요. 한 시간 전부터 기다린 사람한테 바람맞아서 약이 잔뜩 오르고, 배는 엄청 고프다는 뜻이죠."

나는 깔깔거리고 웃었다.

"정확한 오진이에요. 지금 방금 출감해서 기분은 풍선처럼 부푼 상태고, 배는 너무 불러서 토하고 싶거든요."

그는 그제야 슬그머니 웃으며 배터리의 방전 탓이라고 말했다.

"난 지금 배가 무지막지 고파서 무어라도 먹어야 해요. 같이 갈래요? 그리고 내 진짜 사명이 뭔지 알아요? 바로 출감자들의 갱생을 돕는 일이에요."

나는 기분이 빠르게 회복되는 걸 느끼며 그에게 속삭였다.

"사실은 도움을 사양할 처지가 아니에요. 오늘 밤 안으로 재범할 계획이었거든요."

갑자기 그가 내 손을 꽉 잡으며 말했다.

"같이 한탕 해요. 아내에게 위자료를 지급해야 해요."

*

"라면 안 만나?"

싱크대 앞에서 깻잎을 손질하던 어머니는 이 시간쯤이면 T를 만나기 위해 옷을 수도 없이 입었다 벗었다 하며 수선을 피울 딸이 잠옷 바람으로 거실 소파에 널브러져 있는 게 수상쩍은 모양이었다.

"쫑났어."

"왜?"

"까였어."

"군내 나는 주제에, 간덩이가 부었군. 원래 능력 없는 놈이 안목도 없고, 안목 없는 놈이 운도 없기 마련이다. 운정아, 기죽을 것 없다. 제 발로 복을 찬 놈이 등신 쪼다지."

어머니는 흥분한 나머지 잠시 딸의 나이를 잊고 라면의 나이를 헐뜯었다. 한 식품회사의 라면 판촉행사 기간에 우연히 제주도 여행경품권이 당첨된 사연으로 알게 된 T를 어머니는 처음부터 싫어했다. 어머니는 거긴 이미 수차례 다녀온 곳이라 더 이상 볼 게 없다며 다른 것으로 바꿔 달라 억지를 썼고, 원칙이 아니라며 빡빡하게 구는 T와 한바탕 실랑이를 벌였던 것이다. 나중에 T가 다른 상품으로 교환해줌으로써 해결을 보긴 했지만, 어머니는 그의 융통성 없는 태도를 끝내 못마땅해했다. 그가 서른네 살에 식품회사의 말단 직원인 것도, 얼굴이 기생오라비처럼 빤지르르

한 것도 마음에 들어 하지 않았다.

깻잎을 씻어 소쿠리에 수북이 건져놓은 다음에 어머니는 마늘을 빻기 시작했다. 깻잎은 어머니가 거둔 농작물이었다. 어머니는 빈터를 보면 단 한 뼘이라도 그냥 두지 못하고 무엇이든 심어야 직성이 풀렸다. 10년 전, 아버지가 돌아가신 뒤에 그 증상은 더욱 심해졌다. 동네 공터의 절반이 어머니가 가꾸는 텃밭이었다. 각종 푸성귀에서 감자 옥수수 토마토까지, 심지 않은 것이라곤 없었다. 어머니는 넘쳐나는 농작물들을 전부 저장식품으로 만들어 갈무리했다. 나물거리는 꾸들꾸들하게 말렸고, 오이와 고추는 장아찌를 담갔으며, 옥수수와 토마토는 병조림을 했다. 어머니는 그 식품들을 1년 내내 식탁에 올렸다.

나 또한 어머니와 증세가 비슷했는데, 바로 빈 가슴을 잠시도 못 견딘다는 것이다. 사시사철 추위를 타듯 외로움을 탔다. 그러나 작황은 매번 시원찮았다. 소득이라면 남자에 대해 갈수록 절망하게 된다는 것뿐이다. 어머니는 그런 나를 아비의 기질을 그대로 닮아서 그렇다며 마땅찮아했다. 정확히 말하면 기질뿐 아니라 모습도 흡사했다. 정감 어린 커다란 눈이며 숱 많은 눈썹이며 코끝이 약간 들려 올라간 콧기둥까지 그대로 닮았다. 그래서인지 나를 바라보는 어머니의 눈빛은 가끔 복잡 미묘했다. 아마도 망부를 향한 애틋함과 야속함이 교차하기 때문일 것이다.

"거봐라 운정아, 직업은 못 속인다고 딱 라면의 유통기간이잖니. 사람은 만나는 방식이 중요한 거야. 오다가다 만난 뜨내기들은 한계가 있는 법이다. 앞으로는 꼭 믿을 만한 사람을 소개받도록 해."

어머니는 관계의 품격을 만남의 방식으로 구분했다. 나이를 막론하고 눈에 거슬리는 행동을 하는 커플을 보면 단번에 눈살을 찌푸리며 잘라 말했다.

"보나 마나 오다가다 만난 사이다. 그렇지 않고서야. 저리 던적스럽게 굴 수가 없어. 두고 봐라. 길게 못 간다."

어머니의 견해에 나는 동조할 수가 없었다. 모든 관계는 엄밀히 말하면 다 오다가다 만난 사이다. 인간은 서로 흐르면서 마주치는 존재다. 어떤 만남이 되었든 내게 중요한 건 결실이었다. 내 꿈은 아주 소박했다. 가슴이 뜨거운 남자를 만나 달콤한 연애를 사 계절쯤 맛보다가, '베라 왕'은 아니더라도 나만의 멋진 웨딩드레스를 입고 조촐하게 결혼하는 것이다. 근데 그것이 왜 이다지 어려운 걸까. 두 계절을 넘겨본 적이 없었다. 연애의 실패라기보다 관계의 실패였고, 더 정확히는 청춘의 실패였다. 실패란 두 사람의 어긋남만을 뜻하는 게 아니라 혼자서 어떤 쓰라림과 열패감을 떠안는 것을 말한다.

어머니는 액젓에 육수를 섞어 고춧가루를 풀어놓은 다음, 생밤을 가늘게 채쳤다. 능숙한 솜씨였다. 어머니는 두 딸에게 부엌일 중에서 칼 쓰는 법을 가장 먼저 가르쳤다. 채소는 각이 중요하고, 고기는 결이며, 생선은 방향이 우선이라고 했다. 구절판의 재료를 가장 가늘게 채치는 법과 양파를 곱게 다지는 법, 생선의 비늘을 칼등으로 말끔하게 벗기는 법도 일러주었다. 그리고 마지막으로 어떤 환부를 도려내는 도구였는데, 바로 남자의 바람기를 손보는 것이었다. 젊은 시절, 측량기술자로 전국을 떠돌던 아버지의 외도에 지친 어머니가 식칼을 거머쥐고 같이 죽자고 덤벼든 일은 외도 못지않게 충격적인 사건이어서, 자칫 그 길로 가정이 결딴날 수도 있었다고 했다. 그러나 아버지는 그 일을 계기로 드라마틱하게 회심했고, 그 후 다시 재범한 적이 없었다는 것이다. 그 이야기를 들려주던 어머니는 무용담을 하듯 의기양양했다. 어머니는 사람을 길들이는 두 가지 방법이 감동과 두려움이라고 했다. 그러나 시앗을 보면 길가의 돌부처도 돌아앉는다고 했듯, 여자 문제만큼은 감동으로 풀기가 쉽지 않다고 했다. 어쨌든 아버지는 죽는 날까지 어머니를 끔찍이 위했고, 그 앞에서 더없이 공손했다. 남자치고는 참으로 특이 체질이 아닐 수 없었다.

깻잎 김치를 다 담근 어머니는 냉동실에서 밀가루와 계핏가루를 꺼내 베이킹파우더를 섞은 뒤 체에 내렸다.

"운정아, 바나나 케이크 만들어 먹자."

갑자기 입안이 향긋해졌다. 어머니는 내가 심란할 때면 늘 바나나 요리를 만들어주었다. 바나나 쉐이크, 바나나 셀러드, 바나나 케이크, 바나나라면 사족을 못 쓰는 나는 어쩌면 전생에 원숭

이였는지 모르겠다. 그 달콤하고 길둥근 열매를 베어 물때의 행복한 기분이란 말로 다 설명할 수가 없다. 익숙한 안도감이 밀려오면서 마음이 스펀지처럼 부드러워진다. 혀에 감기는 촉감은 너무 감미로워서 목이 다 멜 지경이다. 언젠가 어머니는 지나는 말로, 내가 아기였을 때 장이 아주 약해서 소화를 돕는 바나나 요리를 자주 만들어 먹였다고 했다. 그러나 구하기도 어려운 바나나가 저장마저 쉽지 않아서 애를 태웠노라고 했다.

어머니는 잘 익은 바나나 세 개를 골라서 껍질을 벗긴 다음 그릇에 담아 으깨었다. 바나나 향기가 그윽하게 퍼졌다. 나는 코를 벌름거리며 어머니 곁으로 다가앉았다. 엊그제 마트에서 사온 스위티오 바나나는 어느새 점박이로 변해 있었다. 바나나가 가장 맛있는 시점은 표피에 슈거 스포트라는 자잘한 검은 반점들이 생기는 때이다. 그러나 그 시기는 너무 짧다. 달콤하게 익어 가는 바나나 냄새를 맡은 초파리 떼가 꼬이면서 바나나는 걷잡을 수 없는 속도로 물크러지기 때문이다. 그래서 바나나는 사랑과 닮았다. 무르익는가 하면 어느새 물크러진다. 왜 바나나 통조림은 없는 걸까. 나는 안타까운 한숨을 내쉬었다.

어머니는 달걀과 설탕을 섞어 거품기로 젓다 말고 갑자기 주먹으로 허리를 소리 나게 탁탁 쳤다.

"운정아, 엄마가 한 살이라도 더 젊고 건강할 때 시집가야 손주를 봐주지. 힘닿는 데로 낳아서 병아리처럼 마당에 풀어놓고 키운다며? 접때 네 고모가 말한 사람 말이다. 아주 착실하고 집안도 좋대. 그쪽으로 뜻을 모아 봐."

고모는 세상 뜬 아버지에게 무슨 지령이라도 받은 사람처럼 내가 스무 살 때부터 끈질기게 결혼을 종용하며 신랑감들을 끌어대었다. 그 장단에 맞추어 춤을 추었더라면 지금쯤 내 인생엔 바나나 송이 같은 자식들이 조롱조롱 딸려 있을 것이다. 어머니가 뜻을 모아보라고 하는 말은 내 심기에 대한 예우일 뿐, 이미 마음이 기울었다는 뜻이다.

*

가로수는 녹차 식빵처럼 푸르게 부풀어 있다. 과즙같이 걸쭉한 햇살이 뺨에 끈끈하게 달라붙었다. 차갑게 식힌 몸은 거리에 나서자 증기에 쏘인 냉동식품처럼 금세 흐물흐물해졌다. 콘돔 회사의 성수기인 여름의 한가운데로 접어든 것이다.

내가 근무하는 주식회사 제롬은 로즈데일 거리에 위치해 있으며 콘돔을 제조하는 중소기업체다. 드러내놓고 근무처를 입에 올리기가 쑥스러운 점은 있으나, 보수가 짱짱하고 근무 분위기도 밝아서 만족스러운 직장이다. 나는 마케팅 분야를 담당하고 있다. 필요는 발명의 어머니라고 콘돔은 18세기 영국 왕족들이 바람을 피우며 성병 때문에 골머리를 앓자 왕의 주치의였던 콘돔백작이 양의 창자를 사용해 처음 만들었다는 설이 가장 유력하다.

지금은 종류만도 수십 가지로 종형, 이랑형, 굴곡형, 특수 돌출형에 손가락에 끼는 핑거콘돔까지 있다. 소재 또한 천연 피막, 라텍스 등 다양하며 최근 폴리아이소프렌이라는 신소재로 만든 제품은 라텍스 알레르기가 있는 사람의 걱정을 덜어준다. 섹스의 메뉴가 그만큼 다양해진 것이다. 그동안 방송심의규정에 묶여 광고가 금지되기도 했으나, 이제 홈쇼핑을 통해 안방에서도 구매한다. 아직 매출은 부진한 상태나 인류의 위대한 발명품이 양지로 진출했다는 것에 의미가 있다. 어느 보고서에 의하면 남성의 성기는 갈수록 작아져서 60년대보다 길이가 무려 1센티미터나 줄어들었다고 한다. 이대로 가다가는 인류 존망의 위기설까지 대두될 판이지만 방법이 아주 없는 건 아니다. 휴대폰이나 노트북처럼 사이즈는 줄되 성능이 향상되면 해결될 문제였다. 제롬은 그런 예민한 문제들을 돕기 위해 관련 제품들을 끊임없이 연구 개발해 왔다. 몇 년 전 출시된 롱런 콘돔은 국소마취 성분을 넣어 발기시간을 두 배 이상 늘려주는 제품으로 나오자마자 10여 개국에 수출되기도 했다. 한 해외 유력 일간지는 롱런을 서슴없이 비아그라 콘돔이라고 칭하기까지 했다. 그러나 정확한 뜻매김은 아니었다. 가끔 제품의 성격을 오해한 소비자들의 항의 전화를 받을 때도 있기 때문이다.

"착용한 지 30분이 지났는데 왜 발기가 안 되는 거죠? 이거 사기 아닌가요?"

"죄송합니다만 제품에 대해 잘못 이해하셨습니다. 롱런은 비아그라 성분과는 전혀 상관없이, 촉각 예민 감소제를 첨가해서 사정을 지연시키는 제품입니다."

나는 해명 아닌 해명을 하느라 전화통을 잡고 쩔쩔매야 했다.

얼마 전에 새로 내놓은 제품은 머리카락 두께의 10분의 1에 불과한 극초박형으로 열전도성이 좋고 착용감이 뛰어나며 촉감도 거의 스킨 수준이다. 유감스럽게도 아직 나는 신제품을 테스트해볼 기회가 없었다.

내가 제롬에 다니는 걸 아는 사람들이 가장 빈번하게 하는 질문은 콘돔의 재사용이 가능하냐는 것이다. 아낄 게 따로 있지 그게 무슨 고급 속옷도 아니고 씻어서 다시 사용한단 말인가. 재미있는 건 제아무리 심각한 분위기에서도 콘돔 얘기만 나오면 금세 화기애애해진다는 것이다. 아마도 콘돔의 숨겨진 기능 중의 하나가 정신의 발기를 돕는 것 같다.

바지 속이 땀으로 질척했다. 살이 겹쳐지는 서혜부에 땀띠와 습진이 기승을 부리는 여름은 나 같은 하체 비만자에겐 고문의 계절이다. 자매지간이라 해도 여섯 살 위인 언니는 나와는 모든 면에서 딴판이었다. 어머니의 체형을 그대로 물려받아 상 하체의 균형이 딱 잡혀있고 날씬했다. 거기에다 야무지고 셈도 빨라 구름 잡는 사랑 타령 대신 실제적인 조건을 찾아 결혼함으로써, 일찌감치 어머니의 시름을 덜어주었다. 그러나 어찌 된 셈인지 모녀는 만나기만 하면 서로 으르렁거렸다. 한마디로 코드가 안 맞았다. 그러잖아도 언니는 어머니가 나만 편애한다고 불만이었다.

사흘 전 언니가 뻐꾸기처럼 제 새끼도 팽개치고 커다란 트렁크 두 개를 끌고 친정으로 왔다. 완전히 이사 수준의 짐도 짐이려니와 그 혼란스러운 표정이라니, 다름 아니라 어머니에게 배운 그 환부 제거법이 전혀 효과가 없었다는 것이다. 형부의 외도를 눈치챈 언니가 부엌칼을 거머잡고 단숨에 방으로 뛰어 들어가 침대 매트리스에다 내리꽂았으나, 그는 개과천선은커녕 도리어 적반하장으로 정신병자와는 한집에서 살 수 없다며 길길이 날뛰었다는 것이다.

어머니는 의외로 냉정했다. 칼이란 베는 데 뜻이 있지 않다면서, 비싼 라텍스 매트리스만 작살낸 띨빵한 언니를 나무랐다. 말귀를 제대로 못 알아들은 언니가 한바탕 난리를 친 것은 당연했다.

쇼윈도에는 여름옷이 가득 걸려있다. 여름옷이라고는 하나 그물 같이 엮어진 상의에 얇고 투명한 옷감은 몸을 가리기보다 드러내는 용도로 보이는 게 대부분이었다. 색상과 장식은 화려해지고 길이는 짧아졌다. 더 강렬하고 더 섹시하게, 그 노골적인 이미지는 이 도시의 구호 같았다. 어제저녁에 걸려온 그의 전화도 마찬가지였다.

"우리 모의하기로 한 것 아직 유효하죠? 내일 저녁 어때요? 장소는 그쪽이 알아서 정해요."

그의 전화를 받는 순간 나는 며칠간의 갈등을 깃털처럼 가볍게 날려 보내고 곧 새로운 연애를 결심했다. 사랑이 아무리 바나나와 같아도 나는 다시 누군가를 만나야 했고, 그 만남은 빠를수록 좋았다. 어차피 이 나이가 되면 인생에 대해 어느 정도 통달하기 마련이다. 완벽한 순간은 있을지언정 완벽한 삶은 없다는 것을, 허울은 멀쩡해도 속까지 온전하기 어렵다는 것을, 그리고 인생은 절대 마음먹은 대로 굴러가지 않는다는 것을. 한 가지 서글픈 건 마침내 눈높이를 낮춰서 정식으로 반품 처리하는 대상에게까지 눈을 돌려야 한다는 사실이었다. 그러나 응급실의 그 난장판 속에서도 필이 딱 꽂혔던 사람임을 생각하면 그리 서글플 것도 없었다. 그런 얄궂은 밤에 얄궂게 부딪힌 건 우주적인 도킹이라 해도 과언이 아니었다. 어쩌면 와인과 치즈의 궁합처럼 환상적인 만남일 수도 있었다.

나는 한 가게에 걸린 집시풍의 셔링 블라우스와 눈을 맞추고 걸음을 멈추었다. 싱가포르 국기처럼 두 가지 배색과 별 문양으로 디자인한 그 블라우스는 이국적인 웃음을 흘리며 나를 유혹했다. 교감신경이 심장에 강한 신호를 보냈다. 새로운 연애가 시작되었다는 것은 다시 새물내 나는 옷을 입기 시작한다는 뜻이다. 전 애인과 만나서 시시덕거리던 옷은 절대 입지 않는 것이 새 애인에 대한 내 예의였다. 더구나 서른이라는 나이는 같은 옷을 입고 앙코르 공연을 할 만큼 시간이 많지 않았다. 실패한 연애의 기억은 가장 빠른 시간에 정리할수록 좋다고 믿는 내게 첫 피해자는 당연히 옷이었다. 나와 체형이 같은 구두쇠 친구는 내가 연애를 마감할 때마다 신속하게 추억의 소품을 수거하러 왔다.

나는 매장 안으로 들어갔다. 이십 대 초반으로 보이는 여점원이 내가 고른 블라우스의 사이즈를 꺼내오며 은근한 목소리로 말했다.

"고객님의 감각은 정말 남다르시네요. 이거 우리 브랜드의 올 여름 대표 상품이에요. 엊그제 출고됐는데 벌써 다 빠지고 딱 한 장 남았어요."

나는 그녀가 건네주는 그 대표 상품이며 딱 한 장 남았다는 블라우스를 입고 거울에 모습을 비쳐보았다. 옷은 맞춘 듯이 몸에 잘 맞았다. 어깨선도 맵시 있고 허리 기장도 체형에 잘 맞았다. 적당한 미덕에 우호적이고 평화로운 이미지로 장식하기에 조금도 부족함이 없는 옷이었다. 나는 블라우스를 입은 채 거리로 나왔다.

*

토요일 오후 5시경에 K 멀티플렉스 영화관으로 이어지는 쇼핑몰 지하 통로의 카페 '나비'에 한 시간 가량 앉아 있으면 운이 좋은 날은 유리문을 통해 옛 애인을 한 명 정도 면접할 수가 있다.

그 유리문의 신통한 점은 밖에서 안이 전혀 들여다보이지 않는 것이다. 이 기막힌 장소를 발견한 건 라면과의 첫 만남 때였다. 연휴의 첫날을 내게 헌정하겠다며 그가 오프닝으로 영화를 한편 떼자고 제안했다. 보고 싶던 영화였고 첫 만남에 마음이 들뜬 나는 약속시간보다 20분이나 일찍 '나비'에 도착해서 유리문에 눈을 딱 붙이고 앉아 있었다. 늘 느끼는 거지만 사랑의 첫 느낌은 몸이 간질간질하도록 황홀했다. 만약 그런 느낌을 재현하는 약이 있다면, 중독을 각오하고라도 변덕스러운 인간의 감정에 기대기보다 약물을 택했을 것이다. 이런저런 생각에 골몰해 있던 그때 극장 매표소의 전경이 눈에 들어왔고, 한 낯익은 사내가 그 앞에서 있는 걸 발견했다. 그는 3년 전에 헤어진 어학원의 영어 강사로 마지막 보낸 김유신 버전의 문자는 표구라도 해두어야 할 만큼 인상적이었다.

"그동안 너와는 늘 오토바이 타는 기분이었어. 필요 이상의 속도를 내느라 아찔아찔했거든. 이대로 가다간 중상 아니면 사망일텐데, 차라리 사지 육신 멀쩡할 때 마음을 자를래."

새로 구입한 자동차 할부금이나 호사스러운 데이트 비용에 대한 엄살이 아니었다. 이미 그 무렵, 그의 눈빛은 나를 파장 무렵의 푸성귀 보듯 했다. 분무기로 물을 아무리 뿌려봤자 더 이상 싱싱해질 수도 없고, 벌써 겉잎이 누렇게 뜨기까지 했네, 하는 그런 눈빛이었다. 연애 감정을 좀 먹는 건 운명적인 장애물이 아니라 신선함이 사라진 뒤에 피는 지겨운 곰팡이 같은 것이다. 그 균류의 특성은 제정신이 돌아오게 해서 인생의 손익 계산서를 뽑아보게 만든다. 한마디로 계산이 끝난 상태라는 소리다. 나는 그의 뜻을 너그럽게 받아들여 그를 사지에서 풀어주었다. 그는 여전히 경주용으로 보이는 멋진 파트너와 함께 있었다.

그날 이후 나는 약속이 없는 무료한 토요일 오후면 종종 이곳에 나와 모카 카푸치노를 마시며 색다른 감상을 즐겼다. 연애라는 건 두 사람이 공동의 취미를 실현해 가는 장이기도 해서 나의 바나나들은 나를 만나는 동안 쉴 새 없이 영화관을 들락거려야 했다. 개중에는 나보다 영화를 더 좋아해서 개봉관의 안부가 시골에 있는 제 부모의 안부보다 더 궁금한 자가 있는가 하면, 제목조차 모르고 따라와서 영화가 상영되는 내내 더운 호흡을 내뿜으며 내 무릎 근처를 손 다림질하는 남자도 있었다. 시간이 흐른 뒤에 그들에게 남겨진 습관들을 바라볼 때, 연애가 인간에게 미치는 영향이 얼마나 큰가 하는 생각에 슬며시 웃음이 비어져 나왔다.

남자들의 레퍼토리는 쉽게 바뀌지 않았다. 그것은 그들의 취향과 노는 물이 거의 같은 까닭도 있지만, 일견 기호라고 주장하는 습관에서 쉽게 벗어나지 못하기 때문이었다. 늘 팝콘을 질겅거리던 남자는 한 손에 어김없이 팝콘 봉지가 들려져 있고, 여자의 허리띠 노릇을 즐기던 남자는 변함없이 여자의 허리에 손이 올라가 있었다. 사용하는 팔의 방향이나 몸의 밀착도까지 거의 같았다. 결국 사랑의 행위는 창작이 아니라 하나의 공식에 대입하는 동작에 불과하다는 걸 입증한 셈이었다. 어머니는 무 하나를 자르는 방법도 열두 가지라고 일러주었는데, 남자들의 창의성은 정말 뻔하고도 뻔했다.

지난달 세 번째 토요일에는 대학 4학년 때 만났던 변태를 보았다. 함께 온 이는 놀랍게도 남자였다. 먼발치에서도 파트너의 셔츠 밖으로 드러난 팔근육이 장난이 아니었다. 그동안 숱한 우여곡절을 거친 그의 성 정체성이 마침내 호모섹슈얼로 낙착한 모양이었다. 그는 같은 미술대학의 '이미지 스케치' 동아리였다. 한 번도 그의 그림을 이해한 적은 없었지만 짙은 카키색 바바리를 즐겨 입던, 무늬로는 충분히 이미지적인 남자였다. 말이 없고 눈빛으로만 의사소통을 하려는 통에 내 생애 처음으로 눈 화장을 하게 만든 남자였다. 그를 따라간 날은 맥주 몇 잔에 감정이 효모처럼 부풀던 저녁이었다. 거리에서 나눈 입맞춤에 갈증이 더해진 나는 몸 가득히 미열을 채우고 카키색 바바리를 따라갔다. 그의 원룸은 호텔처럼 청결했고 침대커버는 주름 하나 없이 단정했다. 옷을 얌전하게 벗어 개켜놓은 그가 섹스 비디오를 찍는 여배우처럼 야릇한 표정을 지으며 내 품에 안겨왔다. 분홍색 레이스 팬티 아래 드러난 그의 가냘픈 성기가 잘못을 저지른 소년처럼 부끄럽게 부풀어 오른 것을 본 순간, 나는 온몸이 오싹했다. 그는 내 여성이 아닌, 내 남성다운 기질에 끌렸던 것이다.

엄밀히 말해 대상에 대한 관찰은 연애가 시작되기 전에 시행되었어야 함에도 불구하고, 사건이 종료된 뒤에 그들의 후면과 측면을 살피는 일은 일견 괴기스러울 수도 있었다. 그러나 나를 거쳐 간 사건들의 실체를 관찰하는 일은 매우 흥미로웠다. 그것은 미수에 그친 사랑이 아름답다거나, 놓쳐버린 시간이 아쉽다거나 하는 것과는 전혀 다른 차원이었다. 수명이 다한 배터리나 몸 안에 박혀 있던 결석을 꺼내 들여다보는 기분이었다. 나는 거기서 최소한의 단서라도 찾으려 애썼고, 마침내 그 속에서 하나의 공통점을 발견했다. 내게서 떨어져 나간 관계들은 하나 같이 비규격품이었다. 그들은 십 대의 유치한 취향을 포장도 뜯지 않은 채 지금의 나이로 끌고 온 자들로, 인생에서 즐거움을 찾는 것이 유일한 목적이었다. 지루함을 못 견디고, 슬픔에 태연하며, 기억을 털어버리는 일이 컴퓨터의 삭제 버튼을 누르는 것보다 쉬운 자들이었다. 그들은 절대 사랑에 안주하는 타입이 아니었다. 나는 왜 그들을 단순히 즐기기보다 굳이 사랑하려고 버둥거렸을까. 그것이 불가능한 일이었다는 걸 깨달았을 때 나는 이미 서른이었다.

그들이 내게 쉽게 진력냈던 이유도 알아냈다. 사랑에 대한 내 태도가 문제였던 것이다. 한 번의 만남에 지나친 의미를 부여하고, 별 것 아닌 한마디에 질기게 매달리다 보니, 사랑이 채 무르

익기도 전에 제풀에 떨어진 거였다. 나는 사랑이란 금시 휘발되어 버리는 용액 같아서 수없이 덧발라야 한다고 생각했다. 그래서 되풀이되는 고백과 확신을 원했다. 그런 내 방식은 상대를 쉽게 질리게 하고 결국 자신도 지치게 했다.

그는 오늘 약속시간을 15분이나 넘기고 있다. 우리는 지난 3주 동안 거의 매일 만나다시피 했다. 그렇게 화끈하게 밀고 들어온 남자는 처음이었다. 화끈한 연애답게 만난 지 사흘 만에 그의 표현대로 체액의 알레르기 테스트까지 마쳤다. 다행히 섹스 후에 두드러기가 돋지도, 쇼크가 나지도 않았으나 이혼의 후유증으로 결정타를 맞은 곳이 그의 페니스인지, 친선 경기를 펼치는데 상당한 애로가 있었다. 그런 경우, 상대의 감정이 완전히 회복될 때까지 무한정 기다려주는 것만이 능사가 아니었다. 나는 그에게 특별 선물을 했다. 제롬의 대표 상품인 롱런 콘돔이었다. 콘돔은 초콜릿 향까지 첨가되어 있어서 성감을 확실하게 높여주었고 그는 뜨겁게 감동했다.

지지난 주 토요일에는 코미디 영화를 봤다. 모두가 극장이 떠나가게 웃는 데도 그는 전혀 웃지 않았다. 웃음을 삼키는 습관이 있는 건지, 침울한 건지 도무지 알 수가 없었다. 많이 자주 크게 웃을수록 관계의 친밀성과 유연성은 높아진다. 그의 머릿속을 구석구석 뒤져보고 싶었다. 연애란 항상 초반의 얼마간을 구름 잡는 얘기로 흘려보내다 보면 정작 알고 싶은 것은 그대로인 채 감정만 복잡하게 얽히기 일쑤였다. 저녁을 먹으며 그에게 직설적으로 물었다.

"부인과 왜 헤어졌어요?"

내 말에 그는 한순간 아주 복잡한 눈빛이 되었다가 이내 단순한 표정으로 돌아왔다.

"도를 닦듯 서로 손만 잡고 자다 보니, 어느 날 진짜 아내를 찾아야겠다는 생각이 들었어요."

짐작할 수 있는 말이었다. 지구상에 있는 수많은 부부들이 전부 미친 듯이 섹스를 하면서 사는 것은 아닐 것이다. 어떤 아내는 섹스를 혐오하고, 어떤 남편은 섹스에 전혀 흥미가 없을 수도 있었다. 1년에 열 번 미만의 섹스를 하는 섹스리스 부부가 무려 35퍼센트나 된다는 보고도 있다.

20분이 지나 나는 모카 카푸치노를 주문했다. 전화하지도, 손톱을 물어뜯지도 않고 느긋하게 기다리기로 마음먹자 마음이 한결 편해졌다. 사랑에 대한 내 조급한 태도를 바꿀 수만 있다면 인생이 훨씬 달라질 것이다. 30분을 넘기지 않는다면 미소까지 지어줄 각오도 되어있었다. 모카 카푸치노의 부드러운 휘핑크림을 목으로 한 모금 흘려 넣고 고개를 드는 순간, 자메이카 국기의 연속무늬 원피스를 입은 여자가 노란 종이 달린 메모판을 들고 나타났다. 잘랑거리는 종소리와 고운정이라는 이름을 나는 거의 동시에 확인했다. 무거운 엉덩이를 엉거주춤 일으키는 사이 한 여자가 잽싸게 다가와 내 맞은편 자리에 앉았다.

"고운정 씨? 저, 닥터 반의 아내예요."

나는 예기치 않는 여자의 출현에 당황했다. 여자는 마른 체격에 눈이 작고 몸놀림이 빨랐다. 눈이 작다는 건 웬만한 느낌은 겉으로 잘 드러나지 않는 강점이 있었다. 어떤 감정도 담겨 있지 않는 눈으로 여자는 나를 바라보았다. 내 큰 눈은 아주 작은 느낌마저 깡그리 드러내는 게 약점이었다. 감출 수 없는 불안감에 나는 눈을 쉴 새 없이 깜박거렸다.

"본론만 말할게요."

여자가 또렷하게, 그리고 다부진 음성으로 말했다. 가뜩이나 여자의 얼굴은 본론으로 똘똘 뭉쳐진 듯 야무졌다.

"그동안 그이와 난 새로운 길을 모색하고 있었어요. 그래서 이혼도 결정했고요. 그러나 정말 후회 없는 결론이라는 걸 확인하기 위해 여지는 남겨두었죠. 숙려기간 동안 각자 새로운 사람을 만나보기로 한 것도 그 이유예요. 마침내 우리의 결론이 성급했다는 걸 알았어요. 우리 부부에겐 새로운 단계로 점프하기 위한 혼돈의 시간이 필요했던 거죠."

나는 맥이 풀리면서 슬며시 화가 치밀었다. 와인과 치즈의 로맨스가 고작 어떤 부부의 새로운 삶을 위한 들러리였단 말인가. 약이 올랐다. 나는 따지듯이 물었다.

"절반의 삶으론 도저히 살 수 없다고 하던데요?"

그는 그랬다. 사랑으로 출발했지만 채워지지 않는 반쪽 사랑에 좌절했고, 마침내 지루한 땅을 탈출해서 젖과 꿀이 흐르는 가나안을 찾았다고 말이다.

"그가 그러더라고요. 지난 석 달간의 방황으로 많은 걸 깨달았다고요. 진짜 중요한 건 나머지 반쪽의 의미라는 것을요. 더 이상 서로의 성적인 무능을 문제 삼지 않기로 했어요."

나는 뭐가 뭔지 모를 혼란에 빠졌다. 영혼을 찾으려는 올페우스 부부 이야기라면 새삼 감동하고 말 것도 없었다. 갑자기 그녀가 내 손을 꼭 잡았다.

"살다 보면 특별한 의미의 카운슬러가 돼줄 때가 있어요. 그이가 고맙고 미안하다는 말을 꼭 전해달래요."

여자는 굳이 자기가 찻값을 치르겠다고 했고, 출입구에 서서 나를 향해 손까지 흔들었다. 이제 각자의 삶으로 이륙하자는 듯 프로펠러 같은 흰 손을 팔랑팔랑 흔들어댔다.

나는 한동안 '나비'에 앉아 있었다. 이제껏 수없이 많은 이별을 치렀으나, 애인의 아내가 와서 정식으로 브리핑을 한 경우는 처음이었다. 기분이 참담했다. 인생에는 짜릿한 사랑 못지않게 멋진 이별도 필요하다고 믿었던 내 생각이 틀렸음을 알았다. 가장 예의 바른 이별이 가장 무례하고 악랄한 기억으로 남겨질 것이기 때문이다.

*

막내 고모가 추천한 새 품종의 바나나를 면접하기 위해 나는 새 옷을 한 벌 샀다. 자유를 반납하고 서로의 시간을 공유하자는 뜻으로, 푸른색 줄무늬에 별이 수놓인, 쿠바 국기 같은 원피스였다. 맞선은 생전 처음이라 은근히 긴장되었다. 상대는 마흔 살의 노땅 한의사로 체질의학이 전공이라 했다. 결혼생활의 권태성 알레르기까지 치료할 수 있다면 더 이상 바랄 게 없었다. 고모는 내가 상대의 극히 한방적인 질문에 심히 양방적인 대답으로 판을 깰까 봐 예상 문제지까지 만들어 특훈을 시켰다. 사람은 첫인상이 중요하다면서 모든 질문과 대답에 일체 독소를 뺄 것과, 진맥을 받을 때처럼 차분한 호흡과 다소곳한 태도를 사수하라는 지시도 했다. 나는 일단 매파의 말을 고분고분 따르기로 했다. 올페우스 부부의 일로 오다가다 눈 맞은 관계에 신물이 난 까닭도 있었지만, 서른이란 나이는 예행과 실전을 되풀이하며 서성이기엔 더 이상은 무리라고 생각했다. 거기다 눈만 뜨면 어머니와 으르렁대던 언니가, 어머니의 노후 대책으로 알고 있던 열 평짜리 상가가 내 앞으로 된 것을 알자, 그만 이성을 잃고 메가톤급의 비밀을 터트리고 말았다.

"언제 한 번이라도 운정이 보다 나를 더 사랑한 적 있어? 엄마는 피학적 변태야."

언니가 악에 받쳐 뱉어낸 무시무시한 말의 진실을 이해하기 위해 나는 얼마간의 시간이 걸렸다. 그리고 마침내 벼락 맞은 듯 큰 충격에 휩싸였다. 내가 아버지의 외주 제작품이라는 거였다. 믿을 수 없었지만 사실이었다. 아버지의 출장길에 만나 내연 관계까지 이르렀던 내 생모는 나를 낳은 지 두 달 만에 핏덩이를 버리고 떠났고, 멧새 같은 어머니가 나를 받아들여 여태껏 길러준 거였다. 내가 알던 모든 상식과 가치가 한순간에 전복되는 순간이었다. 결국 아버지를 길들인 건 어머니의 칼부림이 아니라 너그러운 포용이며 사랑이었던 것이다.

나는 한동안 알 수 없는 두려움에 몸을 떨었다. 그 두려움 속에서 이제껏 한 번도 경험하지 못한, 뼛속까지 떨리는 격렬한 감동이 나를 사로잡았다. 그것은 내가 이제껏 사랑이라 믿었던 수많은 감정들을 다 합친 것보다 더 크고 뜨거운 것이었다.

자신의 운명처럼 시퍼런 설사를 하던 어린것에게 바나나 이유식을 떠먹이던 멧새 같은 여자의 얼굴이 눈물로 뭉개진 시야에 환영처럼 떠올랐다. 내 존재의 바나나 통조림……. 목에서 바나나 트림이 올라왔다. 바나나는 트림조차 향기롭다.

인터미션

인터미션

마트 생선가판대 앞에서 어머니가 집에 가자고 했을 때 나는 당황했다. 그 집은 지금 살고 있는 다세대주택이 아니라 그녀가 젊은 시절을 보냈던 J시의 집이었다. 어머니와 내가 J시를 떠난 지 20년이 넘었고 그동안 전전했던 집만 해도 셀 수 없이 많았다. 기억을 잃어가는 어머니 마음속의 유일한 집은 마당에 금잔화와 달리아가 색색이 피고, 식구들의 빨래가 햇살과 갯바람에 나른하게 마르며, 늦저녁에 아버지의 호탕한 목소리가 담을 넘던 항구도시 J였다. 어머니가 가장 행복한 시절을 보내고, 또 가장 불행한 시간을 겪은 곳이기도 했다.

먼 바다에 풍랑주의보라도 내렸는지 J항은 물결이 높았다. 익숙한 갯내가 오랜 친구처럼 우리를 격하게 맞아주었다. 어머니는 차에서 내리자마자 바다 쪽을 향해 휘적휘적 몇 걸음 떼어놓는다. 얼마 사이에 감정 표현과 말이 급격히 줄어든 어머니의 얼굴에 희미한 미소가 번진다. 파도조차 아름답다던 어머니의 바다는 환청으로 종종 그녀를 찾아왔다. 잠이 멀던 밤이면 베개 밑에서 파도 소리가 난다며 한없이 뒤척이곤 했다. 그러나 어머니는 내 기대와 달리 그 바다를 알아보지 못했다. 불안할 만큼 붉은 낙조와 물결치는 검푸른 파도에 잠시 반응했을 뿐, 다시 무표정한 얼굴로 돌아가 발등만 내려다본다.

세월 따라 사람도 변하고 풍경도 바뀐다. 낮에 둘러본 옛집은 아파트가 빼곡히 들어서서 어머니 삶의 내력처럼 철거된 지 오래였고, 아버지의 낚시용품 가게가 있던 자리는 4층 건물이 세워져 프랜차이즈 카페와 호프집이 입점해 있었다. 항에 인접한 수산시장은 더욱 낯설었다. 낡고 비좁았던 시장은 2층짜리 신축건물이 자리 잡았고, 어시장은 다국적 어종들이 점령했다. 지난 시간은 기억 속에만 자리할 뿐 어디에서도 그 흔적을 찾을 수 없었다.

나는 저녁으로 횟집에서 추천하는 메뉴를 주문했다. 수족관에는 크고 작은 어종들이 느릿느릿 움직였다. 암갈색 얼룩무늬와 울퉁불퉁 거친 외모에 몸집도 별반 크지 않은 한 녀석이 수족관 속에서 나를 뚫어지게 쳐다본다. 내 눈길을 피하기는커녕 오히려 나를 집요하게 탐색한다. '전복치'다. 물고기와 이처럼 오래 눈 맞추기는 처음이다. 그런데 자세히 살펴보니 고장 난 시선이다. 그저 수족관 밖의 움직임에 의미 없는 반응이며 무심한 눈빛이다. 어머니의 눈을 닮은 물고기의 눈빛 때문에 나는 잠시 침울해진다.

"권 샘의 저녁이 궁금합니다."

침울해진 기분이 P에게서 온 문자메시지 하나로 문득 환해진다. 궁금하다는, 건듯 지나는 듯한 이 말은 어쩌면 이쪽의 사정이 알고 싶어 애가 탄다는 뜻일지도 모른다. P의 말은 늘 그렇듯 아련하다.

저녁상에 올라온 생선회에 나는 쉽게 젓가락을 대지 못한다. 어머니는 내장을 넣은 검푸른 전복죽을 질긴 해초처럼 오래 씹는다. 해변을 숨 가쁘게 달려온 바람이 횟집 창에 이마를 세게 부딪친다. 창문에 얼비친 내 얼굴이 짙은 화장으로 가부키 배우 같다. 가끔은 마음이 너무 간절해서 도저히 한 글자도 쓸 수 없는 순간이 있다. 망설임 끝에 나는 P의 문자에 답을 하지 않는다.

*

도시는 역병과 역병의 소문으로 흉흉하다. 사람들의 발걸음은 무엇에라도 쫓기듯 불안하고 어머니의 기도는 더 잦아졌다.

"주여, 동이 서에서 먼 것 같이 내 죄를 멀리 옮겨주소서."

어머니의 기도에서는 늘 유황냄새가 난다. 자신을 불사르는 듯한 그 기도 소리를 들을 때마다 나는 짜증이 난다. 인간은 어차피 죄 가운데 태어나 죄와 더불어 살아가는 존재가 아닌가. 오늘 아침에도 각종 불법과 치정과 살인으로 얼룩진 뉴스가 모바일 실검의 상위권을 차지했다. 혈관성 치매로 인지기능이 점점 떨어지는 어머니가 그 기도만은 절대 놓지 않는 이유를 알 수가 없다. 오랜 시간 아버지를 증오했던 것에 대한 참회라면 이미 충분하다. 진작 영면에 든 아버지를 새삼 소환해서 재심할 필요는 없다. 굳이 재심이 필요한 관계라면 나와 P의 기이한 감정일 것이다.

기이한 사랑에 관한 얘기를 처음 들었던 건 열네 살 때였다. 가슴이 제법 봉긋해지며 막 초경이 시작된 무렵이었다.

“아이고, 망측해라. 첩년 아니랄까 봐서 그 새를 못 참아서 간살스럽기도…….”

뒤채에 세든 젊은 여자가 남자가 집에 들르지 않은 며칠을 못 참아서 재떨이에 뱉어놓은 남자의 침을 보며 운다는 것이다. 그런 엽기적인 얘기가 어떻게 흘러나왔는지 알 수 없었으나 할머니는 여자가 눈앞에 있기라도 한 듯 잔뜩 경멸 어린 표정으로 구시렁거렸다. 어머니는 어두운 얼굴로 마루가 꺼지게 한숨만 내쉬었다. 나는 원인불명열이라는 이상야릇한 병명으로 나흘간 입원했다가 막 퇴원한 상태였다. 마루 끝에 힘없이 걸터앉아 있다가 그 이야기를 듣고 갑자기 주먹으로 머리통을 세게 얻어맞은 것처럼 눈앞이 아찔했다. 사랑이란 원인불명열보다 더 이상야릇한 것이

구나. 뒤채 여자의 얼굴은 그냥 지나치다가도 한 번쯤 뒤돌아보게 하는 수상한 어둠이 있었다. 할머니는 그 어둠을 가리켜 얼굴에 기미가 덮어쓴 거라고 했다. 그날 이후 나는 멀리서라도 그 여자가 눈에 띄면 재빨리 달아나곤 했다. 여자의 그늘진 얼굴이 께름칙했고 축축한 눈빛도 무서웠다.

어머니와 아버지는 그즈음 자주 다퉜다. 아버지의 귀가가 연일 늦어지고 외박까지 하는 데다, 고약한 발 고린내가 갑자기 사라졌기 때문이다. 의혹의 눈초리를 세우고 있던 어머니의 심증은 더욱 굳어졌다. 부부란 서로 공유하던 하찮은 것이라 할지라도 상대의 동의 없이 함부로 없앨 수 없는 관계인 듯했다. 비록 그것이 고약한 발 고린내라 할지라도 말이다. 심증은 곧 확증으로 드러났다. 아버지의 일탈이 한 측근의 양심선언으로 들통난 것이다. 그 일을 귀띔해준 이는 아버지의 낚시 가게에서 일손을 돕던 사촌으로 그는 평소 인정스러운 어머니를 몹시 따르고 의지했다. 아버지는 가게에서 멀지 않은 곳에 저녁마다 그의 발을 정성껏 씻어주는 여자 하나를 숨겨놓고 있었던 것이다. 어머니는 아버지에게 당장 여자를 정리하라고 다그쳤다. 그러나 아버지는 정리하기는커녕 어머니에게 손찌검까지 하며 이혼을 요구했다. 부모를 일찍 여윈 어머니는 스물네 살에 만난 아버지가 유일한 집이며 신앙이었다. 그러나 일찍이 사람이 사람에게 신앙이 되어주었다는 얘기를 들어본 적이 없듯 아버지 또한 마찬가지였다. 그는 사이비 교주처럼 어머니를 깊은 혼란에 빠트렸다. 아버지는 한동안 두 여자 사이를 갈팡질팡하다가 결국 집을 떠났다. 집에는 얼음 같은 냉기가 감돌았다. 어머니는 식음을 전폐하고 공벌레처럼 종일 방구석에 웅크리고 있다가, 불현듯 벌떡 일어나서 몸에 찬물을 좍좍 끼얹거나 한밤중에 마당을 유령처럼 배회했다. 어머니의 흰자위는 푸른빛으로 번득이고 몸에서 서늘한 기운이 흘렀다. 그 와중에 아래채 여자가 자살했다.

*

P는 지난해 새해 첫날, 자동차 사고로 좌측 발목의 골절상을 입고 한밤중에 응급실에 실려 온 환자였다. 보통 새해 첫날엔 해맞이 행사와 맞물려 산악 사고가 많이 발생하는데 교통사고는 드문 경우였다. 그는 감정적으로 자포자기한 상태로 보였고, 그래서인지 의료진에게 매우 무례하고 거칠게 굴었다. 곁을 지킬 보호자도 없어 수술한 뒤에도 한동안 병실의 공동 간병인을 써야 했다. 병실 생활도 비협조적이어서 묻는 말에 겨우 대꾸할 정도였다. 그러나 시간이 갈수록 그는 첫인상과는 매우 다른 인물이었다. 오히려 예의 바르고 세심했다. 어느 날 그가 의료진에게 선물한 수제 마카롱 상자가 바로 반전의 아이콘이었다. 내가 받은 상자 속에는 감사카드도 들어있었다.

'권 샘은 춥고 아픈 나를 온전하게 덥혀준 스토브입니다.'

손난로 정도면 몰라도 스토브까지야. 샘이라는 호칭도 각별했지만, 온전하다는 단어가 눈을 끌었다. 그 어휘는 흔히 쓰는 단어가 아니었다. 고대 그리스어에서 부서진 뼈를 맞추거나 망가진 그물을 수선한다는 뜻으로 쓰였다는 걸 읽은 적이 있었다. 의미를 정확하게 가려 쓰는 사람인 듯했다. 물론 전담 보호자도 없이 혼자 입원했던 그에게 조금 더 신경 쓴 건 사실이고, 다수의 입원 환자와 보호자가 느끼는 고마움을 그도 표현한 거겠지만, 그 감사 인사가 오히려 내겐 더 고마웠다. 중소병원의 간호사는 힘든 직종이었다. 적은 연봉에 근무 인원도 충분치 않고 업무량도 많아 이직률이 높았다. 소독약과 신음에 절어 종종대다 보면 근무 시간의 반도 채우기 전에 벌써 산소가 부족한 물고기처럼 코를 벌름거리며 가쁜 숨을 몰아쉬곤 했다. 퇴근 무렵엔 종아리가 붓고 병원 특성상 노인환자가 많아 목소리를 높이다 보니 목이 잠기기 일쑤였다. 그 감사카드는 짠지처럼 피곤에 절어있던 내게 고함량의 에너지 드링크 처방 같았다. 나는 처음으로 그의 모습을 자세히 바라보았다. 마른 체격에 중간 키, 서른넷이라는 나이가 믿기지 않을 만큼 해맑은 피부와 외겹의 큰 눈이 어딘가 추워 보이는 남자였다.

어느 날 그에게 필요한 서류 발급을 돕기 위해 거주지를 확인하는 내게 그는 감추고 싶은 사정이라도 있는지 몹시 쭈뼛거리며 말을 끌었다.

"어떤 거주지를 말씀하시는지?"

"주민등록에 기재된 주소지요."

"말씀드리기가 좀……."

"혹시 외국에 거주하세요? 교포예요?"

그간 재외동포의 건강보험 무임승차나 먹튀 논란에 개선안을 마련했다는 기사를 읽은 적이 있기에 나는 약간 긴장했다. 그는 한참을 머뭇대다 겨우 속내를 털어놓았다.

"아뇨, 지금 거주하는 곳은 H 지역인데, 요즘 제 마음이 서성이는 주소가 따로 있어서요."

듣고 보니 어설픈 작업 멘트였다. 주변에서 간혹 누가 나를 찔러보는 말로, 지켜보겠다거나 시선을 고정하겠다는 말은 들어본 적이 있으나 서성인다는 말은 처음이었다. 목발을 짚고 한밤중에 간호스테이션을 기웃거리던 그의 모습이 떠올랐다.

"헐, 완전 스토커각이네요. 오해받기 전에 필히 상대의 동의를 구하시기 바랍니다."

나는 그렇게 웃음으로 넘겼다.

그는 한 여자중학교 인근에서 '뮤지카'라는 레코드가게를 운영하고 있었다. 오래된 가게며 생업이라 했지만 음악이 좋아 붙잡고 있는 듯했다. LP와 CD의 시대가 저물고 스트리밍 서비스가 대중화되어 가게가 활력을 잃고 있다면서도 걱정하는 것 같지 않았다. 그는 자기가 좋아하는 글 중에 '음악은 문맹의 가슴에도 웅덩이를 판다'는 말이 있다며 음악의 저력을 믿는다고 했다.

퇴원하는 날, P는 내게 CD를 선물했다. CD는 완전 사지선다형의 시험지 같았다. 〈모짜르트〉와 〈플라치노 도밍고〉, 〈엑소〉, 〈이문세〉. 음악이라면 장르 불문하고 좋아하지만 공감의 효력만큼은 발포비타민처럼 흡수가 빠른 발라드가 으뜸이었다. 정답은 4번이었다. 꾸러미 속엔 또 다른 반전의 카드가 들어있었다.

'내 정직한 호흡과 맥박도 함께 전합니다.'

손발이 오글거리는 입덕 선언이었고 왠지 미소 짓게 하는 글이었다. 그동안 여러 종류의 고백을 접했으나 자신의 호흡과 맥박을 빌린 이는 역시 처음이었다. 그러나 그가 모르는 게 있는데 애석하게도 병실엔 정직한 호흡이나 맥박 따위는 존재하지 않았다. 호흡이나 맥박은 상황에 따라 주인의 마음을 그럴싸하게 속이기 때문이다. 골절 전문병원인 샘병원은 장기 환자가 대부분이었다. 한두 달 정도의 입원은 기본이고 퇴원 후에도 긴 시간 통원치료를 해야 했다. 장기입원이라는 특수한 상황은 인간을 매우 혼란스럽고 나약하게 만든다. 의기소침해진 마음은 직립의 의지가 꺾이고 자신도 모르게 기댈 곳을 찾아 두리번거리다 가까이서 자신을 돌봐주는 누군가에게 의지하게 된다. 주치의라든지 담당간호사라든지 나중엔 채혈실의 임상병리사에게까지 마음이 기우뚱해진다. 심지어는 속내까지 전부 내보인다. 그건 진심의 고백이라기보다 감상적인 정황에 끌려 자신도 모르게 속을 털리는 자백에 가깝다. 스무 살 무렵의 나도 급성충수염 수술을 한 뒤에 그런 어이없는 경험을 한 적이 있었다. 짧고 허무하게 스친 그 가슴앓이를 생각하면 아직도 얼굴이 화끈거린다.

기대고 의지하는 감정이 연모로 바뀌는 일은 어렵지 않다. 이미 주인의 모니터링을 벗어난 감정은 제동 장치가 말을 듣지 않는다. 누구보다 감정의 팽창이 더 컸던 P는 전속력으로 달려왔고 제어가 불가능해 보였다. 문제는 나였다. 오랜 선행학습과 직업적이고 합리적인 의심에도 불구하고 왜 나는 그의 감정적인 급발진에 끌려들었는지 모르겠다. 너무 쉽게 빠져든 상황에 대해 나는 자신에게 구차한 변명까지 해야 했다. 긴 밤 근무 탓일 것이다. 밤 근무는 짐작보다 더 많은 신경심리적인 변화를 가져온다. 수면 주기가 불규칙해지고 감정의 동요가 커지며 원인 모를 우울증에 사로잡히기도 한다. 어쩌면 우주의 메시지일지도, 노인환자가 대부분인 이 골절전문병원에 서른네 살의 젊은 남자가, 그것도 새해 첫날, 119에 실려 변장한 운명처럼 내 앞에 도착했다. 그는 내 서른여섯 인생의 심장 제세동기였다. 멈춰있던 내 심장에 전류를 흘려보내어 소생시켰다. 변명이 아니라 팩트였다. 죽은 듯 멈춰있던 내 심장이 그를 만난 후 비로소 힘차게 뛰기 시작했기 때문이다.

*

고등학교 국어시간에 시각의 청각화에 대해 배운 적이 있다. 울음이 타는 강이라든지, 이것은 소리 없는 아우성이라든지, 그러나 P의 경우는 그 반대였다. 청각의 시각화였다. 그의 모든 감각은 청각을 통해서 시각화되는 듯했다. 그가 내 목소리에 신기한 체험을 했다는 고백이 그랬다.

"권 샘과 이야기를 하면 맨살로 숲길을 걷는 것 같아요. 마음의 열이 내리고 평온해져요. 영혼이 숙성되는 느낌이랄까."

장류의 숙성을 위해 더러 음악이 동원되거나, 과일과 야채의 숙성을 위해 에틸렌가스를 사용한다는 이야기는 들어보았어도, 사람의 목소리가 영혼의 숙성에 간여했다는 말은 처음이었다. 어쩌면 음악과 오래 교감한 사람의 심미적인 특징일지도 몰랐다. 그는 온갖 음악의 바다에 빠져 살지만 취향은 밤에 듣기 좋은, 기분 좋게 나른하고 감성 충만한 곡을 좋아한다고 했다. 그러나 나를 만난 뒤 밤에, 특히 잠들기 전 듣고 싶은 곡은 내 목소리라고 했다. 서정적인 선율을 가진 밤 노래 같다고, 그래서 잠이 한없이 깊고 달다고 했다. 내 음악적 취향도 그와 비슷하긴 했다. 심박수를 크게 증가시키지 않고 마음을 가만히 쓰다듬어주는 음악을 좋아했다. 어쩌면 관계의 심한 균열을 겪은 사람의 후유증일 수도 있었다.

그가 자신의 이야기를 꺼낸 건 그와 두 번째 만났던 '뮤지카' 근처의 한 아이스크림 카페에서였다. 거리에는 봄의 끝을 따라 안개처럼 흐드러지게 피었던 벚꽃이 지고 있었다. 흰색 피케셔츠에 감청색 데님팬츠를 입은 그는 소년 같았다. 아름답지만 심란한 풍경 때문인지 그는 말이 없고 좀 침울해 보였다.

"고해성사하기 딱 좋은 날입니다."

컵에 담긴 생강젤라또가 녹아 형체가 허물어지는 것도 아랑곳없이 그가 긴 침묵 끝에 느리게 입을 떼었다.

"사실 전, 유쾌하지 못한 전과가 있어요."

삼키던 망고 스무디가 갑자기 목에 가시처럼 걸렸다. 형벌의 전력을 가진 사람을 흔히 전과자라고 하는데 그 단어는 사실 입에 올리기조차 꺼림칙했다. 머릿속으로 내가 아는 죄목들이 텀블링을 하듯 빠르게 굴러갔다. 상해, 사기, 절도, 강도, 살인…… 생각을 펼칠수록 더욱 절망적인 죄목으로 그중 어디에 해당된다 해도 충격적이었다.

"3년 전에 결혼했고, 오랜 갈등 끝에 지난달에 이혼했습니다."

짐작조차 하지 못한 그의 갑작스러운 고백에 나는 멍하니 앉아서 침만 삼켰다. 기혼죄라, 그런 죄가 있는지 모르지만 내겐 좀 절망적인 죄목이었다.

"미리 말하지 못해 죄송합니다. 변명이라면 상황보다 제 마음이 더 빨리 달려서, 나를 비난하고 당장 자리를 박차고 나가셔도 좋습니다."

그는 전과 있는 자신의 인생을 사과했고, 친절하게도 내가 유턴할 수 있는 타이밍에 대해서도 조언했다. 어리석은 오지라퍼였다. 조언은 현자가 현자에게 해도 위험하다. 그가 잘못한 게 있다면 타이밍의 이기적인 오류를 범한 것이다. 적어도 마음의 담장을 넘기 전, 내 선택을 도울 수 있게 먼저 자신의 이야기를 털어놓았어야 했다. 불운하게도 이미 나는 유턴할 타이밍을 놓쳤다. 그도 알겠지만 모든 교차로마다 유턴이 주어지는 건 아니다. 유턴하여 빠져나갈 곳을 나는 이미 지나쳐버렸다.

그날 밤 그는 내게 두 번째 고해성사를 했다.

"교통사고를 통해 깨달은 게 있어요. 완전히 부서져야 재건할 수 있다는 걸. 사랑합니다. 아주. 많이."

어쩌면 사과의 다른 말이었을지도 몰랐다. 사랑이란 말은 기쁨과 행복을 주는 만큼 그 만행도 적지 않다는 걸 알기에 나는 사랑한다는 말을 삼갔다. 그럼에도 불구하고 참을 수 없이 목말랐던 날이었기에 기쁘고 행복했다. 사랑합니다, 만으로도 충분한데 아주 많이, 라는 수식어까지 따라온 그날 밤의 메시지는 내 낡은 침대 매트리스가 최고 등급의 양모 매트리스처럼 포근했다. 나는 매우, 아주, 정말, 같은 말을 좋아하지 않았다. 그건 조급한 성격을 드러내는 경박한 말이며 뒷말의 진정성을 깎아내린다고 생각했다. 그렇긴 해도 그날 그의 경박한 품사에 나는 감동했다. 의도의 진정성을 의심해야 하는 것도 잊고서 말이다.

*

마른 플라타너스 잎 냄새에 소독약 냄새가 섞여든다. 가로수는 조용히 잎을 떨어뜨리고 뜨거웠던 날들이 시무룩이 저물어가는 11월이다. 이런 달에 태어난 사람들은 고독한 체질을 선물 받은 것 같다. 같은 달에 태어난 어머니가 이맘때쯤 원인 모를 몸살에 힘들어하고, 나 또한 몸인지 마음인지 모를 어딘가를 시름시름 앓는다. 심장은 작은 소리에도 놀라 덜컹거리고 몸은 젖은 솜처럼 무겁게 처진다. 가뜩이나 주춤거리는 말은 마스크 안에서 허둥대다 그대로 굳는다. 어머니는 우울증이 심해지고 망상장애까지 보여 요양원에 입소했다. 무통의 삶은 없는 걸까. 마음을 앓거나 몸을 앓거나 관계를 앓는다. 지금 나는 모든 걸 한꺼번에 앓고 있다. P와 나는 그동안 그의 표현대로 맨살로 숲길 걷기를 하고, 영화와 뮤지컬을 보고, 서로 맨살로 안았다. 그러나 P는 여전히 아련하다.

"난 권 샘의 시간에 귀 기울이고 구별된 설렘을 간직할 겁니다."

그의 말은 잘 블랜딩된 아로마오일 같이 향기로우나 시간의 약정이 없다. 오래라든지 항상이라든지, 귀 기울인다든지 하는 말은 한정된 의미라는 걸 안다. 무슨 생각엔지 골똘하여 내 말을 종종 놓치기 때문이다. 하지만 나는 묻지 않는다. 그저 알 수 없는 열기熱氣에 취한 채 몽롱하게 시간의 불꽃을 지켜볼 뿐이다. 그러면서 마음은 점점 더 공허해진다.

마트엔 마스크로 얼굴을 가린 표정 없는 사람들이 빠르게 비껴간다. 나는 쇼핑카트를 끌고 천천히 매장 안으로 들어갔다. 청과 코너엔 빛깔 고운 과일이 넘쳐났다. 잘 익은 귤 한 봉지를 집어 카트에 담는다. 이 금빛 과일은 참 겸손하다. 제 속을 내주는데 별 수고를 요구하지도 않고 알맞게 분할되어있어 먹기도 편하다. 맛도 새콤달콤하니 좋다. 귤 같은 사람은 없을까? 내가 만난 이들은 단단한 껍데기도 모자라 가시까지 달려있었다. 항상 그렇듯 가장 사랑했던 사람이 가장 깊이 찌른다. 어머니의 자상刺傷은 그 깊이가 심연까지 닿아있어 아직도 신음 중이다. 귤 한 봉지에 문득 마음이 쓸쓸해진다. 고소한 버터향이 진동하는 베이커리 코너에서 나는 잠시 걸음을 멈춘다. 오늘은 내 생일이다. 며칠 전, P가 오랜만에 저녁을 먹자고 했을 때 나는 집밥을 제안했고 그가 뭘 사갈까요? 하기에 단숨에 케이크라고 답했다. 그와 케이크에 촛불을 밝히고 생일의 의미를 되새겨보는 것도 좋을 것이다. 더욱 그가 무슨 말인가를 할 듯 머뭇거리자 기대했던 말을 들을지도 모른다는 생각에 가슴이 설레기도 했다.

일곱 시까지 오겠다던 그는 일곱 시 15분이 지나도 나타나지 않았다. 삼십 분이 지난 뒤에 휴대폰이 울렸다.

"미안해요. 갑자기 일이 생겨서, 아내가 장염으로 입원했어요."

아내라는 지극히 친근한 호칭에 나는 가만히 숨을 멈추었다. 그는 아내 때문에 자주 약속을 미루거나 예상보다 늦은 시간에 나타나곤 했다. 그의 이혼은 정신적으로 아직 계류 중이고, 우리 관계는 여전히 표류 중이었다. 나는 불도 켜지 않은 식탁에서 저녁 대신 와인을 마셨다. 취기가 오르자 어머니의 무표정한 눈이 떠올랐다. 어머니는 언제부턴가 저녁마다 술을 마셨다. 그녀는 옛말에도 술이 시름을 쓸어내는 빗자루라고 했다며 어린 내게 털어놓을 수 없는 시름과 홀로 싸웠다. 술을 마신 어머니는 촛농이 흘러내리듯 소리 없이 울었다.

뒤채에 세든 여자가 음독사한 건 내가 열다섯 살 되던 봄이었다. 종일 비가 내려 공기는 축축했고 집안 분위기는 음습했다. 뒤채를 드나들던 남자는 한동안 오지 않았고 여자의 모습도 보이지 않았다. 며칠이나 기척이 없는 걸 이상히 여긴 할머니가 뒤채의 마루문을 열고 들어갔다가 싸늘한 시체로 변한 여자를 발견했다. 경찰이 오고 구경꾼들이 몰려들고, 집은 벌집 쑤셔놓은 것처럼 소란스러웠다. 사람들은 여자가 제 처지를 비관해서 자살한 거라고 쑤군거렸다. 모든 정황을 제쳐놓고 사인을 특정하는 데 할머니의 진술도 일조했다. 할머니는 여자의 눈물을 한순간에 뒤집었다. 간살스러운 울음에서 가련한 눈물로 바꿔치기한 것이다.

"아주 참한 색시였지요. 늘 죽고 싶다고 신세타령을 하며 울었다우."

어머니는 더 이상 웃지 않았다. 아예 모든 표정을 잃어버린 듯했다. 아버지의 마지막 소식을 들은 건 1년 전이었다. 전화를 받은 어머니의 얼굴에 어떤 표정이나마 떠오른 건 그 순간이었다. 갑자기 뇌전증 환자처럼 팔을 떨더니 안면이 일그러지며 입은 웃고 있는 기이한 표정이었다. 아버지가 고시원에서 고독사했다는 알림이었다. 그 날 이후 어머니의 건강은 급격히 나빠졌다.

아버지의 일은 어린 내가 도저히 이해할 수 없던 사건이었다. 그는 가족을 사랑했고 누구보다 가정적이었다. 또 용의주도하고 수완이 뛰어나서 가게엔 늘 손님들로 북적거렸다. 더욱 가게엔 낚시꾼들을 위한 안전 장비들이 수두룩했다. 구명조끼, 야전삽, 로프, 해드랜턴, 수경, 미끄럼방지 신발까지. 그러나 그 어떤 장비도 용의주도함도 아버지를 추락에서 구하지 못했다. 나는 가끔 뒤채에 세 들었던 여자의 얼굴을 떠올린다. 여자의 얼굴을 덮었던 수상한 어둠 같은 기미는 얼마 사이 내 얼굴에 짙게 드리워졌다. 내 화장은 그 수상함을 감추기 위해 점점 짙어졌다. 서늘한 두려움이 나를 흘러갔다.

*

P와 나 사이엔 자주 암전이 발생한다. 그 사이에 진눈깨비가 두 번 쏟아졌고 오늘은 찬비가 내린다. 도시의 어두운 지붕 위에, 음울한 나뭇가지들 위에, 비는 일상을 방해할 뜻이 전혀 없다

는 듯 무심히 내리지만 내 모든 시간을 적신다. 우유거품 같은 자잘한 소용돌이로 마음을 휘젓는다. 정도를 넘어선 질척임과 추적거리는 빗소리, 나는 안절부절못했다. 나는 비와 싸움하듯 혼자 화를 내고 제풀에 지치고 마치 자가 면역질환을 앓는 사람처럼 스스로를 괴롭히며 휴무일을 보냈다. 간밤엔 잠까지 설쳤다. 초저녁에 마신 커피 때문이다. 카페인은 잠의 튜브와 같다. 깊이 가라앉지 못하고 잠의 수면 위에 둥둥 떠다니게 한다. 밤새 어디론가 떠다니느라 어지럼증과 두통까지 덤으로 따라왔다.

최근 P는 눈에 띄게 말이 줄고 잠들기 전에 내 목소리를 듣기 위해 전화하는 일도 드물었다. 명상센터에도 등록했다. 왜 새삼 자신의 내면을 더 깊이 들여다봐야 하는지 궁금했으나 나는 묻지 않았다.

요양원 원장에게 전화가 왔다. 어머니의 상태가 갑자기 나빠졌다는 것이다. 엊그제부터 식사를 거부하고 자리에 눕지도 자지도 않는다고 했다. 나는 입고 있던 실내복 위에 오리털 패딩만 걸치고 거리에 나가 택시를 잡았다. 눈앞이 흐려지고 걸음이 휘청거렸다. 비는 그치고 기온이 빠르게 떨어지며 도로에 엷은 살얼음이 깔리기 시작했다. 발밑까지 추운 을씨년스러운 저녁이었다.

시의 경계지역에 있는 요양원은 자동차로 30분 거리에 있었다. 호수가 가까이 있어 둘레 길을 이용해 산책도 할 수 있어 비교적 좋은 환경이었다. 50대의 원장은 친절하고 자상해서 적어도 일주일에 한 번씩은 전화나 문자로 어머니의 상태와 기분을 상세히 알려주었다.

어머니는 4인실에 혼자 있었다. 추운지 이불을 목까지 끌어 덮고 몸을 웅크린 채 등을 벽에 기댄 모습이었다. 마스크를 벗기자 안색이 나쁘고 맥박은 빠르며 희미했다.

"엄마."

어머니는 나비 문신처럼 대칭으로 기미가 짙게 낀 내 민낯을 처음 보는지 낯선 이를 만난 듯 물끄러미 쳐다보았다. 어떤 느낌도 담겨있지 않는 공허한 눈, 전선이 끊어진 지 오래인 표정이었다. 나는 침대로 다가가서 어머니의 손을 잡았다. 손이 얼음처럼 찼다. 갑자기 어머니의 얼굴이 창백해지며 내 손을 거세게 뿌리쳤다. 귀신이라도 본 듯 두려움과 공포에 질린 눈동자가 크게 흔들렸다. 굳게 다물었던 입이 움찔거리더니 누군가를 불렀다. 처음 듣는 이름이었다.

"영선 씨……."

어머니의 목소리는 떨리고 불안정했으나 어느 때보다 또렷했다.

"미안해. 잘못했어. 난…… 난, 못 들었어."

"엄마, 영선 씨는 뭐고 지금 누구한테 말하는 건데?"

"넌 진짜 죽으려고 약을 먹었어. 늘 죽고 싶다고 했으니까. 깜깜한 마당에 서 있는 내게 신호를 했지, 마루문을 두드리며, 살려

달라고…….”

“도대체 무슨 소리야? 뭘 못 들었다는 거야?”

“아니, 못 들은 척했어. 너흰 죽어 마땅한, 남의 인생을 갉아먹는 해충이야.”

*

봄의 이름을 가졌으나 3월은 추웠다. 기온이 계속 영하에 머물러 있어서 가뜩이나 구부정한 내 등은 더 움츠러들고 마음은 스산하다 못해 황량했다. 나를 보던 어머니의 눈빛을 떠올리기 싫어서 나는 밤이면 수면제를 먹고 잤다. 그러나 잠도 섬뜩하긴 마찬가지였다. 매일 밤 악몽이 찾아왔다. 젊은 어머니가 흰자위를 번득이며 붉고 억센 손으로 아래채 여자의 얼굴에 검은 보자기를 뒤집어씌우고 사지를 억누르는 꿈이었다. 꿈속에서 어머니는 하얀 이를 드러낸 채 활짝 웃고 있었다.

나는 늦은 점심으로 베이커리 매장 안에 있는 좁은 탁자에서 치킨샌드위치와 초콜릿모카를 마셨다. 초콜릿모카는 마음에 놓은 링거처럼 기분을 얼마간 회복시켜주었다. 샌드위치 두 조각을 다 먹은 뒤 나는 길을 두 번 건너 ‘솔빛공원’으로 들어갔다. 근무처인 샘병원과 근거리인 이 생태공원은 도시의 허파이자 내 숨구멍이기도 했다. 이곳에 오면 코에 산소통을 연결한 듯 이내 가슴이 시원해지곤 했다. 나는 경사진 산책로의 첫 번째 나무계단을 지나 사거리가 훤히 내려다보이는 벤치에 앉았다. 볼을 스치는 바람이 미지근했다. 나무들은 아직 침묵에 잠겨있었다. 그러나 가만히 귀 기울이면 은밀한 수런거림이 귀를 간질였다. 그들은 지금 자연의 신호등이 황색에서 녹색으로 바뀌기를 기다리는 것이다. 나는 휴대폰을 꺼내 P의 단축번호를 눌렀다. 우리 사이에 인터미션이 필요하다는 뜻을 전한 지 40일 만이었다. 40이라는 수는 무엇에라도 기대려는 얄팍함이 엿보이는 숫자였다. 성경에 나오는 노아의 홍수도 40일이고, 예수가 광야에서 시험당한 기간도 40일이었다. 그 시간 동안 나는 폭풍처럼 휘몰아치는 감정의 시험과 홍수 속에서 살아남기 위해 안간힘을 썼다. 생존수영을 하듯 체력과 호흡을 아꼈다. 우리의 침묵이 3주 정도 이어지던 저녁 시간에 나는 그의 가게인 '뮤지카' 근처에 갔다. 이별에도 예의가 필요하다. 혹시 그가 많이 힘들어하면 마음을 추스를 때까지 어느 정도 기다려주는 것이 배려일 것이다.

'뮤지카'의 녹색 철제 테두리로 된 유리 출입구가 보이자 심장이 불규칙하게 뛰었다. 그의 가게는 전과 다름없이 불이 환하게 켜져 있었다. 긴 직사각형으로 된 구조는 가장 안쪽에 몇 종류의 오디오가 있고 그 뒤편에 그의 공간이 있어 출입구에서는 보이지 않았다. 소음 규제로 인해서인지 가게 밖으로 흘러나오는 소리는 웅얼거리듯 나지막했다. 가게 문을 여닫을 때마다 해금소리처럼 구슬픈 남성 보컬의 노래가 끊어질 듯 이어지며 흘러나왔다. 그가 좋아하는 밤 노래 중의 하나였다. 보컬의 애절한 목소리와 쓸쓸한 노랫말이 추운 밤거리의 배경음 같기도, 슬픈 독백 같기도 했다. 언젠가 그는 '뮤지카'의 주 고객이 여중생이라 틀어주는 곡이 주로 남자 아이돌의 곡이라며, 음반가게 주인이라 할지라도 듣고 싶은 곡을 들을 수 없는 생계형 음악의 비애라는 게 있다고 웃었다. 노래가 끝날 때까지 나는 가게 건너편의 차가운 가로수에 한쪽 어깨를 기대고 서있었다. 이별이란 마음을 한 겹 박피하는 것이다. 그 통증은 꼭 위궤양의 증상과 흡사했다. 속이 쓰리며 명치끝과 흉골 아래쪽이 타는 듯 아팠다. 천천히 숨을 가다듬었다. 나는 그가 생계형 음악이 아닌 듣고 싶은 곡을 들으며 보내는 저녁에 안도했다.

그간 그의 부재중 전화는 두 번이었다. 연인의 마음은 어떤 질병보다 원격진료의 성공률이 높다. 전화의 횟수로, 그 사이를 채운 차가운 침묵으로, 문진, 시진, 촉진 이상의 확진이 이루어지기 때문이다. 밤안개 같던 그의 컬러링은 모닝콜처럼 산뜻하게 바뀌어있었다. 내가 먼저 밝게 인사했다.

"오랜만이에요, 잘 지냈어요?"

"네, 그럭저럭."

그는 긴장을 애써 누르려는 듯 담담하게 대답했다.

"발목은 어때요? 통증이나 부종은 없어요?"

"네, 컨디션 쩔어요. 톰슨가젤처럼 달려도 문제없어요. 산에도 다녀왔어요. 권 샘은 어때요?"

그가 여유를 되찾은 듯 목소리에 웃음기를 담았다.

"저야, 늘 단순골절과 복합골절 사이를 종종거리는 사이클이죠 뭐."

"우리 인터미션이 완전 '파르지팔' 공연 수준인데, 혹 그사이 관객이 이탈한 건 아니죠?"

음악에 해박했던 그는 음악에 관한 많은 정보와 에피소드를 이야기했다. 국내 오페라의 인터미션이 통상 10분에서 15분인데 비해 국립오페라단의 '파르지팔' 공연은 인터미션이 무려 1시간이었다며 관객을 위해 극장 레스토랑에다 특별 메뉴까지 준비했다고 했다.

"짐작이 맞았는데요."

"진심이에요?"

그가 떨리는 소리로 물었다. 이미 서로 감출 수 없이 많은 이별의 시그널이 드러났음에도 새삼 그의 목소리가 왜 떨리는지 질문인지 동의인지 망설임인지 변명인지 어느 것도 알고 싶지 않았다. 어쩌면 그는 처음부터 마지막까지 나를 서성였을 뿐 한 번도 그의 중심에 들이지 않았을지 모른다.

"과도기적인 제 혼란을 사과할게요. 미숙했던 제 처신도, 사랑이란 덮어쓰기가 아니라 새로운 파일이라고 생각했어요. 이제 제 마음 확인했어요. 못 보는 동안 잎마름병 걸린 화초처럼 마음이 바싹 타들어갔어요. 우리 다시 2막을 시작해요. 권 샘은 숨이 붙어 있는 건 절대 모른 체하지 않는 사람이잖아요. 그게 불완전하게 절룩이던 제 감정이라 할지라도 말이에요"

나는 준비했던 말을 삼켰다. 그가 애써 피하던 시간의 약속, 마지막 인사에라도 담아서 오래오래 잘 지내라는 말을 하려고 했다. 나는 심호흡을 했다. 그리고 그의 세 번째 고해성사에 나직하게 답했다.

"인터미션을 조금 연장해도 될까요?"

"빙고! 사실 '형제자매들'이라는 연극은 인터미션이 무려 1시간 30분이었어요. 2막을 위한 에너지 충전이라면 완전 찬성."

젊은 남녀 한 쌍이 테이크아웃 커피를 손에 들고 공원의 잔디 마당을 가로질러왔다 남자는 여자가 무슨 말인가를 하자 소리 내어 웃었다. 따라 웃는 여자의 얼굴이 기쁨으로 환하게 피어났다. 그들의 웃음소리가 허공에 햇살처럼 퍼졌다. 녹색 신호등이 켜졌는지 등 뒤에서 새순 돋는 기척이 났다.

바람의 집

바람의 집

마을 끝자락에 돌아앉은 푸른 슬레이트집은, 집 앞으로 개울이 흐르고 널찍한 텃밭까지 딸려 있어서 훈자의 마음을 한눈에 사로잡았다. 그러나 막상 짐을 부리고 보니 집이 많이 낡은 데다, 찻길에서도 멀어 불편한 점이 한 둘이 아니었다.

집 떠난 지 10여 년 동안 가뭇없던 남편이 귀신처럼 홀연히 나타나 제삿밥 같은 밥상을 게걸스레 비우고 나서 누런 봉투를 내밀었을 때만 해도, 훈자는 본숭만숭했다. 그의 귀가를 재촉하는 부적까지 품고 기다렸다고는 하나, 비렁뱅이가 따로 없는 행색에 다리까지 절룩이는 꼴이 행여나 했던 일말의 기대마저 물거품이 되고 말았기 때문이다. 그러나 그가 내민 것이 훈자의 이름으로 된 집문서라는 걸 확인한 순간, 얼떨떨하면서도 코끝이 맵싸

했다. 이순을 훌쩍 넘긴 그 나이까지 반지하 단칸방 신세를 못 면했던 훈자로서는 감격하지 않을 수 없는 일이었다.

'집이든 사람이든, 다 연분 치다꺼리겠지.'

이사한 다음날 내린 많지 않은 비에 물이 듣는 천장을 올려다 보며, 훈자는 그렇게 혼잣말을 했다.

*

개울물소리가 바로 배게 밑에서 들리는 것 같아서 잠이 점점 멀어진다. 푸새들이 휘파람부는 소리가 귀에 환하다. 나이 들면 귀가 어두워진다는데 훈자의 경우는 오히려 더 또렷하다.

'츱츱츱츱…….' 바람이 심통을 부리는지 뒷산 나무들이 어지럽게 머리채를 흔든다. 건넛마을 어디에서 우! 하고 개가 길게 한숨을 토한다. 개도 밤이 지루한 모양이다.

훈자는 늘 외톨이였다. 가난은 몸뿐 아니라 마음까지 움츠러들게 해서 어느 누구에게도 선뜻 다가가지 못하고 겉돌았다. 그렇다고 먼저 손을 내미는 사람도 없었다. 옛글에도 일렀거니와 가난하게 살면 번화한 시장거리에 살아도 아는 사람이 없고, 넉넉하게 살면 산중에 살아도 먼 데서 찾아오는 친구가 있다고 했다. 그러나 반년 전, 이곳 명수리에 자리 잡은 뒤로 훈자에게 작은 변화가 생겼다. 땅의 살가운 속내를 알아들은 훈자가 먼저 말을 건넸기 때문이다. 정이란 얼마나 신묘하던지 돌덩이 같던 훈자의 마음은 얼마 사이에 풋콩처럼 무르고 부드러워졌다. 그것은 자연의 이치와도 들어맞았는데, 부드러운 땅이 싹을 틔운다는 사실을 흙을 만지면서 알게 되었다.

남편이 잠결에 무어라 고함을 지른다. 그의 꿈자리도 그가 살아온 세월만큼이나 감사나운 모양이다. 그녀의 마음도 덩달아 심란해진다. 얼김에 남편을 따라 명수리에 내려오긴 했으나, 그동안의 밉살스러운 소행을 생각하면 하루에도 몇 번씩 속에서 뜨거운 불덩이가 치민다. 그 체기 같은 응어리를 풀어보려 애써도 쉽지가 않다. 남편과 각방거처를 하는 것도, 말이 번번이 곱게 나오지 않는 것도 다 그런 옭매듭 때문이다.

괘종시계가 열두 점을 친다. 시계는 남편의 일터였던 플라스틱 공장 사무실에 걸려있던 것으로, 회사가 문을 닫자 밀린 품삯 대신 집어온 것이다. 훈자의 인생에서 유일하게 월급이란 걸 손에 쥐어보던 시절이었다. 정말이지 오늘 밤은 사십여 년 전의 기억이 거울을 마주한 것처럼 환하다.

훈자의 기억은 언제나 스무 살 언저리에서 시작된다. 그 시절의 어느 어름에다 애틋한 추억이라도 묻어둔 사람처럼 늘 그때를 되새김질하곤 한다. 그러나 애틋해서만이 되새김질하는 건 아니다. 어떤 좌절감이나 쓰라림에도 기억을 악물게 되는 법이다. 그 무렵 훈자는 삶의 중심이던 아버지가 별안간 세상을 떠나는 바람에 충격에 빠져 있었다. 후처였던 어머니는 망연자실했고, 이복오빠는 그런 계모를 떼어버리기 위해 훈자의 결혼 문제를 물고 늘어졌다.

“아버지 그늘이 요나마라도 남았을 때 훈자 시집부터 보내요. 배운 게 많은 것도, 인물이 특출한 것도 아닌데 나이 덕이라도 봐야죠.”

일가 푸네기들도 서로 입을 맞추었는지 한목소리로 채근했다.

“아들이 거들 때 서둘러 짝을 지워요. 일단 단출한 자리로 보내요. 사람은 기댈 의지처가 있어야 해요. 사위도 자식인데 홀 장모를 나 몰라라 하진 않겠죠.”

어머니는 아들의 뜻을 거스를 만한 배짱도 없었고, 의지처라는 말에 쏠리는 심약한 마음 또한 뿌리치기 어려웠다. 신랑감의 우선 조건이 혈혈단신이어야 한다는 것에 훈자는 당황했다. 그러나 아버지의 늦둥이로 방안퉁수였던 훈자는 그 모든 상황을 뿌리칠 힘이 없었다.

이복오빠가 내세운 신랑감은 사고무친에다 훈자보다 다섯 살 많은 남자로 직업이 부사관이었다. 선을 보고 온 어머니는 여느 때보다 힘차게 버선을 벗어젖히며 기쁨을 감추지 못했다. 헌칠민틋한 인물도 인물이지만 한마디로 총명하고 길한 인상이라는 것이다. 숱이 많은 눈썹에 쌍꺼풀이 가늘게 진 눈은 광채가 예사롭지 않으며, 말이 없는 대신 웃음은 넉넉해서 듬쑥하면서도 푸근해 보인다는 것이었다. 더구나 먼발치에서 몰래 지켜보던 어머니

앞에서 손잡이에 의지하지도 않고 단숨에 몸을 날려 지프에 올라타는 모습을 본 순간, 무릎을 힘차게 쳤다고 했다. 살아 있는 행동을 만났다는 것이다. 아버지는 근동이 다 알도록 학식에 덕망까지 갖춘 사람이었으나 늘 결단해야 할 시기를 놓치던 무기력한 사상가였다. 확실하게 짚고 넘어갔어야 할 재산 문제나, 모녀의 장래나 무엇 하나 매듭지어놓은 게 없었다. 어머니는 행동하지 않는 지식은 돌멩이보다 쓸모가 없다고 주장했다.

지프에 올라타는 탄력 있는 몸짓 하나에 딸의 인생을 걸다니, 훈자의 인생을 통틀어 가장 어이없는 장면으로, 비극이 희극처럼 시작되던 대목이었다. 더욱이 친정어머니를 지참금으로 받아 시작한 훈자의 결혼생활은 시초부터 먹장구름에 덮여 있었다.

*

아침상을 받은 남편이 훈자를 멀거니 바라보며 생뚱맞은 소리를 한다.

"앞산이 자꾸 곰작곰작 다가오는 것 같어."

"산이 뭔 볼일로 와 노망났남?"

훈자는 댓바람에 면박을 주면서도 가슴이 철렁 내려앉는다. 명수리에 와서 얼마동안은 산의 나무들이 만장挽章 같다고 해서 머리칼을 곤두서게 하더니, 이제 산이 제 발로 걸어온다니, 그러잖아도 훈자는 밤마다 그가 내지르는 비명만으로도 한껏 노그라져 있었다. 그간에 겪은 이력을 대놓고 광고하는 건지, 아니면 무엇에 쫓기고 있는 것인지 도무지 알 수가 없었다.

훈자는 방문을 활짝 열어젖히고 앞산을 지그시 건너다본다. 짙푸른 빛으로 메숲진 산은 바위보다 더 단단하게 그 자리에 붙박여 있다. 오늘따라 바람 한 점 없는 것이 그대로 한 폭의 산수화 같다.

"왜 점잖게 앉아 있는 산을 가지고 자꾸 가리산지리산하는 거여. 멀미나게 시리."

남편은 훈자의 타박에 묵묵히 입에 물김치만 떠 넣는다. 핏줄이 구불구불하니 불거진 그의 손이 가늘게 떨린다. 훈자는 입맛이 천리나 달아나서 수저를 소리 나게 내려놓는다. 아직도 마음이 된바람 속을 헤매는가. 아니면 저승사자들이 눈앞에서 강강술래라도 하는가. 짐승도 죽을 때가 되면 제 굴을 찾아든다는데 망령들 나이에 제정신이 든 게 어쩐지 꺼림칙하다. 고작 송장을 떠넘기려고 기어든 거라면 더욱 용납할 수가 없다. 훈자는 조금 풀쳤던 마음이 다시 오그라든다. 그를 먼저 묻어주고 싶은 마음은 털끝만치도 없다. 어느 누구와도 사귀지 못하고 하나뿐인 아들과도 물 위에 뜬 기름처럼 겉도는 그를 늘그막에 혼자 팽개치고 가는 것만이 살아온 세월에 대한 반분의 앙갚음이라도 될 것이기 때문이다.

밥상을 물린 그가 라디오를 켠다. 명수리에서 그가 유일하게 마음 붙이는 대상은 라디오다. 그는 텔레비전 속의 형형색색으로 펼쳐지는 세상에도, 마을 일에도 전혀 관심이 없다. 누가 죽어 상여가 나가도, 동네가 들썩거리게 혼인잔치가 벌어져도 그저 강 건너 불구경이다. 처음에 훈자는 그의 그런 모습에 은근히 안도했다. 떠돌아다니기를 그친 증표로 여겼기 때문이다. 그러나 종일 라디오를 조그맣게 틀어놓고 그 주위만 맴도는 것이 영락없이 바깥 사정을 염탐하는 자의 모습이었다. 더구나 아무리 캐물어도 집을 산 모갯돈의 출처를 밝히지 않는 것이 영 수상쩍었다. 며칠 전에는 검은 외지 차량 하나가 마을을 훑듯이 살피며 지나는 걸 보고 가슴이 철렁 내려앉았다. 머릿속으로 온갖 흉측한 상상들이 지나갔다.

지역 방송국에서는 인근 마을에 살던 한 남자의 실종 소식을 내보냈다. 실종 당일 소를 팔러 나간 남자는 이웃 노인이 저녁 일곱 시 경에 버스정류장에서 본 게 마지막 모습이었다. 가까운 사람이 말없이 사라져버렸을 때의 심정은 겪어보지 않고서는 모른다. 훈자는 까마득한 옛일을 엊그제 일처럼 떠올리고 한숨을 내쉰다. 남편은 자신의 소행 따윈 까맣게 잊은 채 태무심한 얼굴로 라디오에 귀를 맡기고 있다.

초야를 치른 신랑이 어둑새벽에 말 한마디 없이 사라진 사건이 발생하자 집안은 발칵 뒤집혔다. 가뜩이나 신랑의 구덥지 않은 태도에 맥 풀려 있던 훈자는 눈앞이 캄캄했다. 속이 달은 어머니가 며칠을 수소문한 끝에 강원도 어딘가 동료의 하숙집에서 태연히 뒹굴고 있던 그를 끌고 오다시피 데려왔다. 그새 까맣게 오그라든 훈자의 얼굴에 비해 그는 더 피둥피둥하니 살이 오르고 혈색도 좋았다.

"여보게, 이제 식솔이 생겼으니 앞으로는 만사에 의논과 책임이 따라야 하네."

어머니의 꾸중은 어린 아들을 구슬리듯 조곤조곤했지만 그에게는 맹자단청盲者丹靑이었다. 이 책임과 의논이라는 것이야말로 그가 생전 듣도 보도 못한 소리로, 가장 지키기 어려운 덕목이었기 때문이다. 그는 조실부모하고 친조모의 손에서 자랐다. 조모는 가엾은 손자를 엄히 가르치기보다 망아지나 다름없이 놓아먹였다. 하다못해 밭에서 기르는 하찮은 푸성귀도 솎아주고 모종해줘야 할 시기가 있건만, 그는 들판에서 제멋대로 자란 잡풀이나 마찬가지였다. 그렇다고 잡풀다운 근성이나 강인함이 있는 것도 아니었다. 그저 무르고 게으른 얼뜨기였다. 조모가 세상을 떠나자 그의 마지막 남은 혈육인 먼 친척뻘 되는 고모가 떠돌뱅이 조카를 몽달귀신이라도 면해보려고 재빨리 형식을 갖춰 신방에다 밀어 넣었던 것이다. 나중에 털어놓은 그의 말은 더 기막혔다.

"조신하나 어딘가 젠체하는 새색시며, 덤으로 받은 것이 확실한 장모 또한 감당이 안 되었어. 앞일을 생각하니 오금이 딱 굳더라고. 그래서 일단 몸을 피하고 본 거지."

그는 단 하루 만에 기겁을 하고 몸을 빼내려 했던 것이다. 그러나 그것은 시작에 불과했을 뿐 그의 인생 전체가 그런 무책임과 줄행랑의 연속이었다.

*

남편의 잠꼬대는 갈수록 험악해졌다. 훈자는 간밤에도 거의 새다시피 했다. 비명과 몸부림, 겁에 질려 내지르는 소리는 옆방에서 들어도 정말 끔찍했다. 그건 잠꼬대가 아니라 숫제 저승사자와의 한판 실랑이 같았다. 잠은 또 얼마나 깊던지 아무리 흔들어 깨워도 제정신이 쉽게 돌아오지 않아 애를 먹었다.

눈을 뜬 그가 깊은숨을 토해내며 벌떡 일어나 앉더니 오른쪽 발을 급히 더듬었다. 가운데 발가락 세 개가 몽땅 잘려나간 그의 발은 몽당비처럼 흉물스러웠다. 어쩌다 그런 사고를 당했느냐고 물어도 꿀 먹은 벙어리였다.

"옆에 좀 있어. 무슨 소리가 나는 것 같어."

잠이 덜 깬 채 겁에 질린 그가 옆방으로 건너가려는 훈자에게 엄부럭을 떨었다.

"뭔 소리가 난다는 거여?"

훈자는 대번에 쥐어박는 소리를 하며 눈을 사납게 빗떴다. 무슨 소리가 나도 그렇지. 언제 그렇게 꿀 떨어지는 사이라고 잠자리 보초까지 서라는 건가. 불빛에 드러난 그의 얼굴이 창백했다.

훈자는 화가 치밀면서도 가슴이 서늘했다. 병이 들어도 단단히 든 모양이었다. 북침단면北寢斷眠이란 말이 있듯 혹 북쪽으로 머리를 두고 자서 그런가. 예로부터 북쪽은 망자들의 방향이라 했다. 훈자는 잠자리 방위에 유난히 신경을 쓰는 편이었다. 없이 사는 형편에 성가신 일이라도 생길까봐 미리 조심해서였다. 부엌 쪽으로 머리를 두고 자면 열 받는 일이 생긴다거나, 화장실 쪽으로 머리를 두고 자면 부부의 정이 식는다거나 하는 말 따위를 굳게 믿었다. 식을 정도 없었지만 좋은 게 좋은 거라고 조심해서 나쁠 건 없었다. 재앙은 조심하는 집 문에는 절대 들지 못한다고 했다. 훈자는 그의 베개를 남동 방향으로 돌려주고 옆에서 앉은 채로 밤을 새웠다.

아침밥을 몇 술 뜨고 훈자는 텃밭으로 나왔다. 햇빛이 삶아 넌 무명 이불잇처럼 하얬다. 그녀는 들판을 휘휘 둘러보았다. 뺨을 스치는 건들바람이 제법 서느렇다. 자연의 이치란 참으로 오묘하다. 갈바람에 곡식이 혀를 빼물고 자란다더니, 건들바람이 불기가 무섭게 작물은 결실에 들어갔다. 만사는 그처럼 다 시와 때가 있는 것을, 들판에 심겨진 작물만도 못한 철딱서니 없는 남편을 생각하자 가슴이 답답했다. 오늘은 김장배추도 솎아줘야 하고, 김도 매야 하고, 끝물 고추도 따야 한다. 이웃의 도움을 받아 시작한 밭농사는 그런대로 가용은 충실히 해냈다. 고추는 특별히 퇴비와 배수에 신경을 썼더니 병충해 없이 튼실하게 자라 주었다. 도열이라도 하듯 밭이랑에 매고르게 서 있는 고춧대를 본 이웃들은 하나 같이 입을 댔다.

"아이고, 떡잎 하나 없이 매끈한 게 꼭 화초 키우는 것 같어."

가을로 접어든 날씨는 한낮을 빼고는 제법 살랑했다. 훈자는 고추밭의 마지막 작물을 거두고 배추 고랑으로 옮겨 앉았다. 훈자가 명수리에 내려오기 전까지 일했던 한 용역회사의 팀장은 아침마다 일터로 떠나는 도우미 아줌마들을 모아놓고 일장 훈시를 했다.

"옛말에 몸이 되면 입도 되다는 말이 있습니다. 육체노동은 절대 구차한 게 아닙니다. 오히려 정신적인 고민을 덜어주고 생활을 기름지게 해줄 겁니다."

가난 구제는 나라도 못한다고 품삯이 기름진 생활을 보장해주진 않지만 나머지 말은 어느 정도 옳았다. 그녀에게 있어 육체노동은 살아가기 위한 방편인 동시에 자신을 끌고 가는 바퀴였다. 잠시 숨을 돌리는 자투리 시간조차 일을 손에서 놓지 않았던 건, 정신이란 요물이 멍하니 앉아있는 시간에 간계를 부릴 때가 더 많다는 걸 알았기 때문이다. 또한 육체노동이란 나름의 운율이 있어 거기에 몸을 싣다 보면 어떤 신명이 생기기도 했다. 그러나 명수리에 내려와 텃밭을 가꾸기 시작한 이래 훈자의 생각은 달라졌다. 일도 일 나름으로 끝까지 앙버티는 잡초들에 학질을 뗀 탓이었다. 그것은 일이 아니라 전투였다. 종일 허리가 휘도록 풀을 뽑아내도 돌아서면 다시 그 자리에 거짓말처럼 수북이 돋았다. 목숨이란 이토록 검질긴 것인가. 두려움을 넘어 공포가 엄습했다.

사람에 대한 원망怨望도 꼭 잡초와 같았다. 남편의 지난 허물을 덮어두자고 아무리 마음을 도슬러 먹어도 생각처럼 쉽지 않았다. 덮으면 덮을수록 잡초처럼 더욱 악착스레 밀고 올라왔다. 훈자는 김을 매면서 노상 잡풀 같은 생각에 휘달렸다. 그녀는 밭둑에 털버덕 주저앉아 된 숨을 토해냈다.

재는 넘을수록 험하고 내는 건널수록 깊다더니 훈자의 삶은 갈수록 고되었다. 잦은 근무지 이탈과 미귀未歸사건으로 불명예제대한 남편의 생활 능력은 형편없었다. 배운 게 많은 것도 아니고 기술마저 신통찮던 그에게 좋은 일자리가 얻어걸릴 리 만무했고, 어렵사리 얻은 일자리마저 얼마 배겨내지 못하고 뛰쳐나와 종작없이 사라지곤 했다. 떡심이 풀리고 귓구멍이 막힐 노릇이었다. 남편은 말이 없는 대신 속에 들끓고 있는 생각을 곧장 행동으로 옮겼다. 아들이 태어났어도 그 버릇은 고쳐지지 않았다. 가족에 대한 그의 무심함은 정말 무적이어서 핏줄조차 대항이 불가능했다. 어머니와 훈자가 갈마들며 구슬려 보고 을박지르기도 하고 애원도 했지만 소용없었다. 그럴수록 그는 더 어깃장을 놓듯 밖으로 돌았다. 애가 터져 까무러칠 지경이었다. 그녀의 의식 속에 비치는 모든 남자는 아버지가 기준이었다. 깊은 생각이 뒤따르지 않는 덜렁수캐 같은 남편의 행동은 단연 인격파탄자로 비쳐질 수밖에 없었다.

어머니의 고생살이는 이루 말로 다 할 수가 없었다. 어머니는 훈자의 결혼에 책임이라도 지듯 팔을 걷어붙이고 생활 전선에 뛰어들었으나 역부족이었다. 비가 오면 침수되어 아궁이에 고인 물을 밤새 퍼내야 하는 저지대나, 실처럼 가느다랗게 흐르는 수돗물을 받느라 교대로 밤잠을 자야 하는 고지대를 벗어나 본 적이 없었다. 훈자의 얼굴에는 마른버짐이 조팝꽃처럼 하얗게 피어났고, 심한 빈혈로 눈앞엔 때 없이 아지랑이가 아른거렸다.

그토록 총명하고 길해 보인다던 남편의 얼굴은 의미를 박탈당했다. 어머니는 멀리서 사위의 얼굴만 봐도 고개를 잽싸게 돌렸으며, 광채가 예사롭지 않다고 입에 침이 마르도록 칭찬했던 눈빛은 '일낼 눈빛'이라고 잘라 말했다. 무기력한 사상가에 진력났던 어머니는 빗나간 행동주의자인 사위에게 완전히 피멍이 들었다. 어머니는 모녀의 장래를 아퀴 짓지 않고 떠난 아버지만 원망하고 또 원망했다.

그런 애옥살이 속에서 훈자의 유일한 위안은 아버지를 추억하는 것이었다. 아버지의 기억은 곱게 짠 한 필의 명주 같아서 아무리 펼쳐 봐도 싫증나지 않았다. 명지바람처럼 그녀의 마음을 곱다시 어루만져주었다. 아버지는 생전에 어머니를 향해서 눈 한번 똑바로 뜬 적이 없고 말막음 한 번이 없었다. 어쩌다 어머니가 큰

소리를 내도 그저 나직한 음성으로 '자네 언성 좀 낮추어야겠네. 작은 소리로 해도 충분히 알아듣네.' 했을 뿐이었다. 훈자를 무릎에 앉히고 명심보감을 가르쳐준 사람도 아버지였다. 삶이 고달플수록 아버지에 대한 그리움은 새록새록 되살아났다. 그러나 남편은 한 번도 본 적이 없는 장인을 드러내놓고 싫어했다.

"옛날에 우리 아버지는……." 훈자가 아버지의 이야기를 입에 올리기만 해도 남편은 인상부터 틀어졌다. 조실부모해서 기억조차 없는 자신의 아버지에 비해, 죽은 뒤에까지 칭송을 받는 장인이 뇌꼴스러웠는지도 몰랐다. 아니면 훈자의 사부곡이 단순히 추모하는 것에 그치지 않고 말미에 가서 반드시 "아이고 아버지, 당신이 어떻게 키운 딸인데 나를 요 모양 요 꼴로……." 하며 눈물의 상소문을 올림으로써 남편의 심기를 건드렸기 때문인지 몰랐다. 그는 결국 골딱지가 나서 문을 박차고 나가곤 했다. 장모의 잔소리만도 넌덜머리가 난 판국에, 이미 백골이 진토된 장인마저 걸핏하면 되살아나서 그를 잡도리하는 것에 심사가 틀어졌을 것이다. 어머니는 한 술 더 떠서 아예 대놓고 사위의 염장을 질렀다.

"만약 자네 장인이 살아 있었다면 언감생심 내 딸을 잠시 잠깐 쳐다보는 것조차 허락하지 않았을 거네. 복이 넝쿨 채 굴러 들어온 줄이나 알게."

그럴 때 남편은 넝쿨에 목이라도 친친 감긴 사람처럼 얼굴이 검붉게 일그러졌다. 한평생 살아 온 이야기를 글로 쓰면 책이 열 권이라도 모자란다던 어머니는 7년 전에 흙으로 돌아가 잠잠히 누워있다. 책으로 옮기지 못한 그 숱한 사연과 자초지종이 한스러운지 무덤 주위엔 해마다 하얀 망초꽃 무리만 한숨처럼 피어났다.

*

마른 플라타너스 잎사귀가 힘없이 땅에 떨어진다. 훈자의 몸도 물기가 잦아들며 살가죽이 조이고 허연 살비듬이 일어난다. 문틈을 비집고 드는 소슬바람이 제법 차다. 화초도 손질하고 채소 갈무리도 해야 한다. 머잖아 김장배추도 묶어줘야 한다.

남편은 어느새 대문간에 나가 쪼그리고 앉아있다. 얼마 전부터 그에게 이상한 버릇이 하나 생겼는데, 해질 무렵이면 무엇에 홀린 듯 대문간에 나가 죽치고 앉아 있는 것이다. 처음 한두 번은 갑갑해서 그러려니 했다. 왜바람처럼 쏘다니던 사람이 하루아침에 궁벽한 촌에 갇혀 지내자니 오죽 갑갑하겠는가. 그러나 그 버릇은 날이 갈수록 더하는가 싶더니 아예 일상으로 굳어버렸다.

"청승스럽게 왜 만날 그러고 있어? 누구 기다리는 사람이라도 있남?"

훈자가 아무리 성화를 대도 그는 대꾸가 없다. 젊어 한때는 닦은 방울같이 초롱초롱하던 눈이 이젠 먼지 낀 대합실 창문처럼 희부옜다.

"도대체 넋을 어디다 빼내버리고 온 거여?"

훈자가 아무리 달구쳐도 가는귀먹은 시늉만 한다. 훈자는 에멜무지로 남편의 곁에 쭈그리고 앉아 그의 눈길을 따라가 본다. 개울을 건너, 큰길을 지나, 굽어진 찻길을 휘돌아서 어딘가 더 먼 곳에 눈길이 가 있다. 그게 어디인지, 지나간 시점인지, 현재인지, 자기 안쪽을 들여다보는 건지, 도시 알 길이 없다. 바다는 마르면 마침내 그 바닥을 볼 수 있으나 사람은 죽어도 그 마음을 알지 못한다는 옛글이 하나도 그르지 않았다. 지지난해 겨울, 훈자는 용하다는 점쟁이를 수소문해서 찾아갔다. 아들을 결혼시킨 뒤로 부쩍 울적해진 그녀는 툭하면 눈물이 터지곤 했다. 생사조차 모르고 지낸 지가 어언 8년이었다. 생각할수록 기가 막혔다. 시거든 떫지나 말고 얽거든 검지나 말지, 그는 정말 아무 짝에도 쓸모없는 인간이었다. 아들은 가출해서 3년 이상 생사가 분명치 않으면 이혼 사유가 된다며, 훈자에게 모든 걸 잊고 새로운 인생을 찾으라고 했다. 아들의 충고가 아니더라도 새로운 삶을 꿈꾸어보지 않은 건 아니었다. 팔자를 고쳤어도 댓 번은 더 고쳤을 세월에 훈자가 여태 제자리를 지키고 있었던 건, 아버지의 가르침 때문이었다. 아버지는 늘 행함에 부끄러움을 두고, 인간 본래의 양심을 간직할 때만이 하늘의 도움이 따른다고 했다.

만약 객사했다면 젯밥이라도 떠놓아야 했다. 자식이 번연히 살아있는 한 비렁뱅이 혼백으로 구천을 떠돌게 하는 건 온당치 못한 일이었다.

점쟁이는 점괘를 뽑아보더니 대뜸 입천장이 뚫어지게 혀를 찼다.

"풍신에다 미명귀라, 아주 쌍으로 얼크러졌구먼."

훈자가 깜짝 놀라 무슨 소리냐고 물었더니 집채만 한 돌개바람 속에 비수 같은 한을 품고 죽은 여자가 보인다는 것이었다. 훈자는 모골이 송연했다. 아버지가 폐병에 걸린 전처를 버리고 어머니와 재혼한 내막은 그녀가 결혼할 무렵에야 알았다. 전처의 발병보다 어머니와의 정분이 먼저였던 사실을 알 만한 사람은 이미 알았고, 전처는 훈자가 태어나던 해에 요양소에서 죽었다고 했다. 원사冤死한 전처가 너끈히 앙심을 품을 만했다. 아버지가 세상을 뜨자 이복오빠와 그 일가붙이들이 보인 태도는 그 모든 것의 현실적인 보응이라 할 수 있었다.

"운명이란 인因으로 인해 연緣으로 나타나는 현상이야."

점쟁이는 남편이 평생 저리 칠락팔락하는 건 다 그런 연유라며, 방책을 쓰지 않으면 검불처럼 떠돌다 몇 달 안 가서 객사한다고 겁을 주었다. 훈자는 반신반의하면서도 점쟁이의 말을 따르지 않을 수 없었다. 그는 부적 두 장을 써주며 한 장은 남편이 쓰던 베게 속에, 또 한 장은 몸에서 한 시도 떼어놓지 말라고 지시했다. 그리고 딱 석 달 만에 남편이 돌아온 것이다. 처음에는 긴

가민가했다. 그러나 시간이 흐르면서 어딘지 모르게 달라진 그를 보자 점차 마음이 놓였다. 신령한 힘이 아니고서는 도저히 잠재우기 힘든 풍병을 타이어의 공기 빼듯 주저앉힌 걸 보면 전적으로 부적의 효력이라고 믿지 않을 수 없었다. 다만 막일로 몸을 굴렸다는 남편이 그의 고향에다 훈자의 이름으로 된 집을 장만한 일은 뜻밖이었다. 미심쩍은 기분을 떨치기 힘들었으나 어쨌든 바람과 땅은 서로 상극관계라고 하니, 집을 산 건 그런 기운을 불러오는 뜻에서도 다행이라 여겼다.

이사를 하고 나서 훈자는 맨 먼저 지붕을 손보고 담장의 바람구멍을 시멘트로 일일이 틀어막았다. 점쟁이는 우선 집안에 떠도는 바람부터 다잡는 것이 순서라고 했다. 훈자의 집은 이제 누가 통째로 떠메 가면 모를까 세상없는 바람이 들이닥쳐도 끄떡없었다. 그런 비방 덕인지 그는 집에서 놓아먹이는 가금처럼 마당을 벗어나지 않았다. 남편이 떠돌아다니는 동안 아들은 뒤늦게 짝을 찾아 가정을 이뤘다. 아들은 집에 전화해도 아버지를 바꿔달란 말을 하지 않았다. 남편이 전화를 받으면 마지못해 한두 마디 한 뒤 곧바로 훈자를 찾았다. 어쩌다 얼굴을 봐도 꼭 의붓아버지 대하듯 서먹서먹하니 굴었다.

주위가 컴컴해지자 대문간에서 마루로 옮겨온 남편은 서랍장에서 사진첩을 꺼냈다. 마치 오랜 기억상실증에서 깨어난 사람처럼 요즘은 날마다 가족사진을 골똘히 들여다본다. 가족사진이라 해서 따로 사진관에 가서 촬영한 것이 아니라, 플라스틱 공장의 야유회에 따라가서 찍은 단체사진이다. 불빛 아래 드러난 사진 속의 인물들은 하나 같이 심란한 얼굴이다. 곱슬곱슬하니 부푼 훈자의 파마머리는 봉분을 연상케 하고, 그 위로 뜨거운 볕이 사정없이 쏟아져 내려 그녀는 눈을 가느다랗게 접고 고통스레 일그러진 얼굴을 하고 있다. 마치 그녀가 살아갈 전 인생의 요약 편 같다. 남편은 실팍한 어깨의 각을 잡고 숱진 머리를 빳빳이 든 채 살피듯이 먼 곳을 보고 있다. 또래보다 몸집이 작은 아들은 불안한 얼굴로 훈자의 손을 꽉 잡고 있다.

남편의 눈길이 실물을 대조하듯 훈자에게로 슬며시 옮겨온다. 그의 눈빛이 서리가 담뿍 내린 훈자의 머리께에서 잠시 흔들린다. 훈자도 시틋한 눈길로 그를 마중한다. 숱이 한 줌뿐인 머리에 날갯죽지가 꺾인 듯 어깨는 처지고 등도 휘움하니 굽었다. 사진 속의 남편은 간 곳이 없다. 엽서에 찍힌 소인처럼 흐릿한 자취만 남았을 뿐이다.

*

지난여름 장마에 다리가 떠내려간 앞개울이 꼭 이 빠진 할망구 주둥이 같다. 이제 읍내로 가는 버스를 타려면 구불구불한 마을의 가운뎃길을 지나 한 마장은 좋이 걸어가야 한다. 집집의 노인네들은 구부정한 허리로 텃밭에서 가을걷이를 하다 말고 반갑

게 인사한다.

"팔자 좋은 양반네, 장에 가십니까?"

훈자는 예, 예, 하면서 우물쭈물 지나친다. 논 한 마지기 없이도 아들이 보내주는 돈으로 살림을 꾸려가는 그녀를 보고 동네 사람들이 부러워서 하는 말이지만 훈자에겐 그 소리가 좋게 들리지 않는다. 도시영세민이라는 말이 있듯, 시골에서 논 한 마지기도 없는 사람이라면 시골 영세민이지 별수 있겠는가.

오토바이가 보얀 흙먼지를 일으키며 읍내 방향으로 쌩하니 달려간다. 사내의 등에 납작하게 매달려 가는 물건은 정미소집 막내딸이다. 옥수수수염 색깔의 머리털에 뽀얗게 분칠을 한 얼굴이 영락없이 술집 여자 꼬락서니다. 시골의 풍속도 예전과는 비교할 수 없이 사사스러워졌다. 고부갈등이나 이혼이 도회지 사람 뺨치게 허다하고, 전답깨나 있는 영감은 혼자되면 으레 젊은 여자와 재혼한다. 자식과의 갈등 또한 텔레비전 연속극 못지않게 적나라하다. 남편과 초등학교 동창인 정미소집 최 씨는 자식들의 드센 반대에도 불구하고 지난달에 마흔일곱 살짜리 노처녀를 후처로 맞아들였다. 인생이 예순부터라는 말이 있긴 하나 훈자가 보기엔 민망하기 짝이 없는 노릇이었다. 최 씨의 후처가 곱게 단장하고 양지 마당에 씨암탉걸음으로 길에 나서면 지나는 사람들이 모두 약속이나 한 듯 흘금거린다. 나름의 고운 자태 때문이기도 하지만 저 나이에 도대체 무슨 꿍꿍이일까 하는 호기심에서다. 최

씨의 입성은 눈에 띄게 말끔해졌는데도 풍신이 더 왜소해 보이는 건 아무래도 나이가 많이 기운 후처 때문이지 싶다. 요즘은 젊은 사람들 흉내를 내는지 둘이 손을 잡고 들판이나 산등성이로 무시로 산보를 다닌다. 그럴 때면 뒷산 중턱에 아직 떼도 제자리를 잡지 못한 최 씨 마누라의 봉분이 더욱 애처로워 보인다.

훈자는 버스에서 내려 시장 안의 속옷 가게로 들어간다. 몸피가 줄어 한창때보다 거의 두 치수나 작아진 남편의 속옷을 몇 벌 고른다. 생각난 김에 겨울 내복과 양말도 몇 개 집는다. 남편은 요즘 들어 부쩍 된서리 맞은 푸성귀처럼 시르죽어 지낸다. 불편한 발을 절룩이며 마당의 배수구를 손보거나 집안일을 거들기도 한다. 그동안 속치부한 원망 거리를 들추어낼라치면 한도 끝도 없으나 되돌아보면 훈자에게도 잘못이 아주 없지는 않다. 남편보다 조금 나은 환경에서 자랐다는 되잖은 우월감만 앞세웠을 뿐, 역마직성 들린 그를 이해하고 보듬어주지 못했다. 오히려 사사건건 책잡고 몰아세우기만 했다. 훈자는 처음으로 남편에게 미안한 마음이 들었다.

시장 골목은 음식 냄새로 질편하다. 훈자는 돼지고기 한 근과, 구기자술, 그리고 두어 종류의 과자를 산다. 남편은 가끔 입이 궁금해서인지 때가 아닌데도 부엌을 기웃거리고 긁어놓은 누룽지를 집어가면서 눈치를 보기도 한다. 시장 골목을 벗어나는데 어디서 숨 가쁜 사이렌 소리가 울린다. 뭔 사고가 났나. 훈자는 괜히 가슴이 벌렁거려서 주위를 두리번거려본다. 시골도 요즘은 몇 집 건너 한 대씩 자동차를 굴리는 판국이라 교통사고가 빈번하다. 한적한 삶을 바라면서도 편리성은 포기하지 못하는 게 사람들의 마음보인가 보다.

버스가 명수리에 도착하자 해가 뉘엿뉘엿 기울고 있다. 인적이 끊긴 마을길에는 간간이 개 짖는 소리만 들린다. 갑자기 영문을 알 수 없는 불안이 가슴을 짓누른다. 훈자는 재게 마을을 가로지른다.

웬일로 대문간에 쪼그리고 있어야 할 남편이 보이지 않는다. 훈자는 급한 걸음으로 마당에 들어선다. 댓돌에 의당 놓여있어야 할 신발도 눈에 띄지 않는다. 갑자기 그녀의 가슴이 맞방망이질을 한다. 기척이 없는 방문을 활짝 열어젖힌다. 벌쭉이 열린 작은방 서랍장 앞에 양말 한 짝이 떨어져 있다. 훈자는 금방 사태를 알아챘다.

"아이고, 미친 영감탱이, 또 본 병 도졌네. 대문간에 나앉았을 때부터 알아봤어. 뒈져야 고칠 병이지. 소용없다니까."

훈자는 악이 바쳐 속에서 치미는 대로 지껄이면서도 눈앞이 캄캄하다. 온몸에 힘이 빠지며 숨길만 가빠질 뿐 아무 생각도 떠오르지 않는다. 사방이 어둑어둑해져 지척을 분간하지 못하는 데도 불 켤 생각도, 저녁밥 지을 엄두도 내지 못한 채 그냥 마루에 퍼지고 앉아 있다.

"염병할 영감탱이, 다시 한번 눈앞에 얼씬거리기만 해봐라. 이젠 부고장이 날아와도 눈썹 하나 까딱하지 않을 테니."

모지락스럽게 튀어나오는 말과 달리 마음은 중심을 잃고 갈팡질팡하는 통에 더 애가 터진다. 어디에 들어있다 쏟아져 나오는지 모를 뜨거운 눈물이 끝도 없이 흐르건만 눈물을 닦을 생각도 하지 못한다. 훈자는 전화벨 소리에 퍼뜩 정신이 든다.

"뭔 전화를 그리 더디 받아. 대식이가 여기 읍내에서 교통사고를 냈다고 해서 택시 불러 타고 나왔어. 다행히 다친 사람은 없고, 오토바이가 좀 망그러졌다네. 지금 들어가는 중이니까 저녁상이나 봐 놔."

시르죽어 지낼 때는 언제고 귀청이 떨어져 나가게 우렁우렁한 남편의 음성을 듣자 훈자는 얼떨떨한 중에도 경칩에 개구리 뛰듯 벌떡 일어나 부엌으로 내닫는다.

*

그날 밤 훈자는 안방에다 이부자리 두 채를 나란히 폈다. 아들에게 방을 하나 내줘야 하는 핑곗거리도 생겼지만 뒤늦게 자신의 속마음을 깨달은 것이다. 남편은 훈자가 보아온 술상에서 구기자술을 몇 잔 들이켜더니 계면쩍은 얼굴로 느릿느릿 속을 털어놓기 시작했다.

"나도 그동안 내 바람병이 환장할 노릇이었어. 한 번도 틀거지를 갖추고 살아본 적이 없던 사람에게 가정이란 꼼짝없는 징역살이였거든. 장모님의 잔소리는 갈수록 고깝게 들리는 데다 당신은 언제나 어머니가 우선이었고, 나는 점점 겉돌았지. 밖이 훨씬 편했어. 그러다 아주 집을 떠나게 된 거야."

훈자는 구기자술 몇 잔에 고치실처럼 이야기를 줄줄이 뽑아내는 남편이 신기해서 그의 입만 멍하니 바라보았다.

"여기저기 떠돌다 마지막엔 공동묘지에서 산역꾼 노릇을 했어. 눈만 뜨면 술 마시고 송장을 파묻는 게 일이었어. 몸도 아프고 한뎃잠에도 넌더리가 났지만 수중엔 돈 한 푼 없고 그저 가슴만 답답했지. 묘지란 온갖 종류의 상례喪禮가 치러지는 곳이다 보니 산역꾼 노릇 몇 년에 어깨너머로 주워들은 얘기만으로 거반 도사가 다 됐어. 죽으면 모든 속박을 훨훨 벗어던지고 새처럼 자유로워진다는 이도 있고, 반드시 살아온 대로 심판받는다는 이도 있었어. 누가 죄목을 일일이 적어놓는 것도 아니고 도무지 같잖은 소리라고 생각했지. 그러나 악인은 바람에 나는 겨와 같다는 말엔 찔렸어. 떠돌아다니는 내 처지가 영판 그랬으니까."

훈자는 평소에 입뜨던 남편의 거침없는 구변에 놀라고, 평소와는 분명히 다른 제 가슴의 박동에 놀랐다.

"어느 날 밤, 산역꾼들을 싣고 마을로 돌아오던 트럭이 빙판길에서 뒤집혀 계곡으로 처박혔어. 정신을 차려보니 셋은 즉사하고 나만 살았어. 누운 채로 밤하늘의 별을 쳐다봤는데 갑자기 눈물이 핑 돌면서 당신과 대식이의 얼굴이 떠오르는 거야. 만신창이로 떠돌다가 종내 이런 낯선 골짜기에 처박혀 객사하겠구나. 인생은 누구라 할 것 없이 져야 할 짐이 있다는데, 조약돌 피하려다 수마석을 만난 격이다. 오만가지 생각과 후회로 가슴이 터질 것 같았어. 그렇지만 제 버릇 개 못 준다고 이미 굳을 대로 굳은 내 행실을 바로잡기란 힘들다는 걸 알았지. 순간 나도 모르게 어떤 결기가 솟구쳤어. 차라리 발모가지 하나 없는 병신으로 사람 노릇이나 하다 가자고, 엉금엉금 기어가서 큰 돌덩이 하나를 집어다 발 여기저기를 내리찍었지. 이미 꽝꽝 언 발은 아무 감각도 없었어. 결국 발모가지가 아니라 발가락 세 개를 잘라야 했지만. 어쨌든 한동안 욕은 봤어도 그 보상금으로 내 묏자리 하나는 건졌으니 됐어. 어차피 내가 묻힐 곳은 당신이니까."

훈자는 그의 말을 다 듣고 나서 중동이 꽉 막혔다. 밤마다 험하게 내지르던 잠꼬대가 모두 그런 사연이었나 싶어 갑자기 목이 잠기면서 자신의 발가락이 부러진 것처럼 온몸이 저릿했다. 구기자술은 어느새 바닥나 있었다. 남편의 벌건 얼굴은 꼭 술기운 때문만이 아니라, 지난 잘못에 대한 진심 어린 부끄러움 같았다. 배움이란 아무리 때와 장소가 불문이고 스승이 따로 없다지만, 공동묘지가 그의 스승이 될 줄 누가 알았겠는가.

훈자는 마침내 남편과 화해했다. 남편의 고질병을 고친 게 부적의 효험이 아니듯이, 평생 그녀의 마음을 주장했던 건 아버지의 가르침이 아니었다. 험한 세월 동안 이지러지긴 했어도 더욱 아귀차고 야물어진 남편에 대한 사랑이었다.

*

마을회관에서 이장의 알림 방송이 쩌렁쩌렁하게 흘러나온다. 간밤에 박 씨네 집에 도둑이 들어 암소 두 마리를 훔쳐 달아났다는 것이다. 앞으로 집을 비울 때는 현금이나 귀중품 등은 일체 집에 두지 말 것과, 밤엔 축사 문에다 경운기나 트랙터로 장애물을 설치하라고 했다. 이장은 곧 자율방범대를 만들어 야간순찰을 시행할 예정이라며 수상한 외지 차는 반드시 차량 번호를 기억해 두었다가 파출소에 신고하라는 당부도 잊지 않았다.

대식이가 다녀간 뒤로 해질녘이면 대문간에 죽치던 남편의 버릇은 씻은 듯 부신 듯 사라졌다. 지난날 제가 저지른 깐이 있는지라 보고 싶다는 말은 못하고 아들을 향한 일종의 시위였던 셈이다. 그날 대식은 좀처럼 움직이려 하지 않는 제 아버지를 위해 자전거를 한 대 사서 자동차에 싣고 내려오던 길이었다.

한 방 거처를 하면서 남편의 잠꼬대는 많이 숙졌다. 그는 대식이 사다준 자전거를 타고 혼자 대신 장에 다녀오기도 한다. 그는 땅에서 절룩거릴 때와 달리 일단 자전거에 올라앉으면 허리를 끌밋하게 펴고 어깨를 유연하게 구푸린 뒤 발을 재게 놀리며 쏜살같이 내닫는다. 엉덩이는 팽팽해지고 윗도리가 수수러지면서 몸에 힘이 붙는다. 그 모습을 지켜보노라면 아직도 그의 마음속에 웅크리고 있는 바람 뭉텅이가 자전거 바퀴를 한없이 팽창시키며 끌고 가는 것 같아 눈앞이 아찔하다.

분갈이

분갈이

내 달변과 되바라진 말투에 대해 주위의 반응은 아주 버라이어티하다. 친구 윤서는 악어 이빨이라고 했고, 무식한 삼촌은 마구잡이 책읽기의 부작용이라 했으며, 유식한 작은외숙모는 부모의 굴절된 결혼생활이 아이의 언어 발달에 끼친 괄목할 만한 증거라 했다. 물론 하우스메이트인 이모도 한마디 거들었는데, 불균형한 성장의 샘플이라며, 어휘 구사력에 비해 미숙하기 짝이 없는 내 열다섯 살의 몸을 꼬집었다. 하긴 또래의 애들보다 한 뼘이나 작은 키에, 민짜 가슴이며 몇 오라기 생기다 만 치모를 보면 아주 틀린 말도 아니다. 그러나 마더 테레사 수녀의 별명도 몽당연필이라고 하지 않는가. 중요한 건 정신의 평수지 몸이 아니라고 생각한다.

단 한 사람, 긍정적인 평가를 내린 사람은 외할머니였다. 외할머니는 본시 속이 너르면 말도 너른 법이라며 적절한 예까지 들었다.

"말 어둔한 승미 애비 봐라, 평생 남의 복장 터지는 짓거리만 했잖니."

외할머니는 아빠라면 머리부터 흔든다. 아무리 사위 사랑은 장모라지만 딸의 인생을 작살낸 사위를 결코 예뻐할 순 없으리라. 어쩌면 내 말투는 작은외숙모의 주장처럼 굴절된 가정환경 때문일지도 모른다. 맹모삼천지교는커녕 내가 초등학교 입학하기 전부터 사이가 나빴던 엄마 아빠는 이틀이 멀다 하고 다퉜고, 찔끔 화해한 뒤 더 크게 다퉜으며 나중에는 습관적으로 다퉜다. 둘은 공격수와 수비수로 갈라져 다퉜는데, 학습지 교사인 엄마는 온갖 사자성어와 극단적인 비유를 빗대어 아빠를 비난했고, 어눌한 아빠는 어눌해서 더욱 거칠고 험한 말로 엄마를 공격함으로써 자신을 방어했다. 그 덕에 나는 유식하나 유치하고, 논리에 맞으나 찌질하며, 사실적이나 비판적인 인간의 여러 말을 배웠다. 참으로 악랄한 주입식 학습법이 아닐 수 없었다.

아빠 남복창씨는 일식 요리사다. 초밥의 달인이고 매운탕은 예술이라고 소문난 사람이었다. 그런 아빠가 왜 엄마의 마음은 그토록 요리하지 못했을까. 아빠는 나이를 거꾸로 먹었는지 십대 청소년같이 미숙했다. 즉흥적이고 산만하고 생활 태도도 엉망이었다. 거기다 비행청소년처럼 걸핏하면 사고를 쳤다. 툭하면 외박이요, 퍽하면 직장을 걷어치웠고, 도박에 빠져 빚을 왕창 지기도 했다. 가족에 대한 헌신이나 책임 따윈 아예 없었다. 술버릇도 나빠서 취하면 아무에게나 침을 뱉었다. 꼭 대공원에 있는 라마 같았다. 낙타의 사촌처럼 생긴 라마는 화가 나면 침을 뱉는 버릇이 있다. 근데 그 침이 얼마나 끈끈하고 고약한지 한번 맡으면 결코 냄새를 잊을 수가 없다.

엄마는 아빠가 사고를 칠 때마다 한바탕 싸운 뒤에 나를 앞세우고 버스로 다섯 정류장 거리에 있는 외가로 달려가곤 했다. 한차례 눈물바람을 한 엄마는 외할머니와 얼굴을 맞대고 앉아 생선살을 발라내듯 아빠를 요리조리 헐뜯었다. 잠깐 사이에 아빠는 속창아리가 없고, 간은 부었고, 쓸개는 빠지고, 정신은 가출한 놈이 되었다. 그러다 완전히 뼈만 남고, 엄마의 기분까지 얼마큼 누그러지면 외할머니는 엄마를 슬슬 구슬리기 시작했다. 외할머니는 성경에 나오는 인물들을 마치 어릴 때 깨벗고 자란 고향친구처럼 들먹였는데, 아브라함이 그렇고, 요셉이 그렇고 다니엘이 그랬다. 외할머니는 먼저 그들의 스토리를 극적으로 풀어놓은 뒤에 고난이 오히려 유익이라는 주석을 달았다. 고난에는 반전이 숨어있는데, 그 끝에 반드시 축복이 따라오기 때문이라고 했다. 그래서 엄마가 조금만 더 참고 기다리면 아빠가 틀림없이 정신을 차릴 것이고, 아브라함이나 요셉처럼 준비된 축복을 받을 거라고 말이다. 엄마는 외할머니의 말을 별로 귀담아듣는 것 같지 않았다. 사실 외할머니의 말은 나도 믿기 어려웠다. 하나님은 왜 장사꾼처럼 축복에다 고난을 끼워 팔까. 끼워 팔기는 공정거래법상에도 위법이다. 더구나 사은품을 끼워주는 물건은 나중에 알고 보면 값이 훨씬 비싸거나 품질이 떨어지는 경우가 대부분이다. 얼마 전에 온라인으로 구입한 엠피쓰리 플레이어가 그랬다.

외할머니와 달리 친할머니는 엄마가 무슨 자작극이라도 벌인 양 의심의 눈빛부터 보냈다. 그것은 책임을 떠넘기려는 비열한 수작으로 보였다. 가르침을 소홀히 한 책임 말이다. 선생님들은 우리에게 늘 배움의 책임을 강조하지만, 선생님에 따라 어떤 과목이 좋기도 하고 싫기도 한 걸 보면, 가르침의 책임이 훨씬 크다는 걸 알게 된다. 거기다 친할머니는 뻥을 치기까지 했다. 아빠가 아들이 없어서 마음이 허허벌판이라 그렇다며 엄마에게 모든 책임을 떠넘긴 것이다. 아들이 둘이나 있는 고모부가 만날 고모 속을 뒤집어놓는 것은 무슨 까닭일까.

*

내게도 꿈이 자라던 시절이 있었다. 만약을 위해 내 꿈은 구원투수까지 두었다. 그 꿈의 선발투수는 이탈리아에 가서 엄마가 좋아하는 맛있는 파스타 요리를 공부해서 6백 가지가 넘는다는 파스타 디자이너가 되는 것이다. 내가 치즈를 좋아하면서도 된장

찌개를 잘 먹듯, 동서양의 무궁무진한 소스를 개발하고 퓨전화해서 파스타의 무한 변신을 시도하는 것이다.

내 꿈의 구원투수는 패션 디자이너였다. 솜씨 좋은 이모가 만들어준 깜찍한 멜빵바지나 멋진 배색 원피스를 입으면 친구들의 부러운 시선이 꽂히고, 발걸음이 날아갈 듯 가벼웠다. 그 신나는 일을 내 손으로 직접 하고 싶었다. 패션과 예술의 나라인 이탈리아에서는 마음만 먹으면 못할 것이 없을 것이다. 그곳에서 열심히 공부해서 내 인생도 마음껏 디자인하겠다고 결심했다.

그러나 인생이란 결코 마음먹은 대로 되지 않는다. 사철잔디처럼 푸르게 자라던 내 꿈은 강력한 5등급 허리케인을 맞은 듯 집이 한순간에 날아가면서 함께 날아갔기 때문이다. 엄마와 아빠가 이혼한 것이다. 어쩌면 예정된 순서였고, 한편으로 속이 후련하기까지 했으나, 가족이 합법적으로 헤어진다는 건 짐작보다 훨씬 더 끔찍한 일이었다. 겁나게 괴이한 침묵 속에서 엄마 아빠는 조용히 앉아있었다. 엄마는 아빠를 비난하지도 않았고, 아빠는 갑자기 철이 든 것처럼 소리를 지르거나 욕을 하지도 않았다. 그들은 내가 투명인간이라도 된 듯 눈길 한번을 주지 않았다.

아빠가 먼저 집을 나갔다. 마치 독립운동을 하러 떠나는 사람처럼 비장한 얼굴로 낡은 검정 트렁크 한 개만 들고 집을 나갔다. 엄마는 한 달쯤 기진맥진해 있다가 나를 외가에 맡기고 큰외삼촌이 있는 캐나다로 떠났다. 잠깐 머리만 식히고 오겠다던 엄마는 두 달 뒤에 캐나다에서 재혼했다는 소식만 날아왔다. 외할머니는 말없이 나를 안아주며 눈물을 흘렸다. 집을 나갔던 아빠조차 일식 프랜차이즈 체인을 구실로 여기저기서 돈을 끌어 모은 뒤에 종적을 감췄다고 했다. 맡긴다와 버린다는 단어가 같은 뜻이라는 걸 나는 처음 알았다. 나는 그때부터 말썽을 생활화했다. 학교를 땡땡이치고 만화방과 피시방을 전전했고, 몽유병으로 의심되는 증세로 밤마다 식구들을 괴롭혔으며, 함께 지내는 사촌들과도 날마다 코피 터지게 싸웠다. 사이좋기로 소문난 작은외숙모와 외삼촌이 서로 큰소리를 내던 것도 그 무렵이었다. 이모가 나를 데리고 지금의 꽃집이 있는 상가아파트로 이사한 건 4년 전이다. 이모는 다니던 종묘회사를 그만두고 자신의 이름을 딴 '김사라 꽃집'을 차렸다. 이모와 함께 살면서 그 버릇들은 말끔히 사라졌다. 그건 한순간도 내가 허튼짓을 하지 못하도록 이모가 밀착 경호한 때문이기도 하지만, 엄밀히 말하면 나 스스로 그만둔 것이다. 슬프지만 나를 책임질 사람은 나밖에 없다는 것과, 자식 뒤통수를 스펙터클하게 후려갈기는 멍청하고 이기적인 부모를 용서하기로 마음먹었기 때문이다. 용서란 없던 일로 덮는 게 아니라 덜 중요한 기억으로 밀쳐놓는 것이다.

나는 지금 문제 가정에서 자란 아이들이 풍길 법한, 어딘가 삐딱하고 어둡고 불안정한 상태와는 거리가 멀다. 학급에서는 유머의 강자고 동아리 활동도 적극적이며 남자 친구도 많다. 남자에 대해 그토록 안목이 없던 엄마의 인생을 나는 절대 되풀이하고 싶지 않다. 남자 친구 중의 하나인 재석은 같은 중학교 3학년으로 내가 눈여겨보고 있는 애다. 재석은 나를 만나면 발끝으로 5분쯤 땅을 판 뒤에야 겨우 본론을 끄집어내는 나무늘보지만, 안구 웰빙은 기본이고 속이 깊고 공부도 잘하며 운동 또한 만능이다. 재석을 보고 있으면 '용 될 고기는 모이 철부터 안다'고 입버릇처럼 말하던 엄마의 말이 맞는 것 같다.

이모는 내 이성교제에 대해 잔소리가 많다. 하지만 그건 내가 이모보다 한 수 위라는 걸 모르고 하는 소리다. 남자 친구를 사귀는 것은 요리와 비슷하다. 좋은 재료를 골라야 하고 물 조절과 불조절, 그리고 간 조절을 정확하게 하면 된다. 계량컵을 쓰고 음식에 따라 가스레인지 레버의 1단에서 3단을 신중하게 오가면 어떤 요리도 실패하지 않는다. 그리고 음식은 무조건 싱겁게 해야 한다. 그래야 나중에 간을 수정할 수 있다. 남자 친구와도 처음엔 싱겁고 심심한 사이로 시작하는 게 좋다. 그렇지 않으면 나중에 거리 조절에 실패한다.

*

"승미야."

영어 학습지를 풀고 있는데 부엌에서 이모의 따끈한 음성이 들린다. 이모표 간식타임이다. 이모는 내 행동 하나하나를 예사로 보지 않는다. 무심히 손톱을 물어뜯는다든지, 다리를 떤다든지 하는 동작을 전부 애정결핍으로 몰아간다. 그 때문에 나에 대한 이모의 관심은 거의 스토커 수준이다. 하루에 대여섯 번은 카톡 메시지를 날리고, 무슨 일이 있어도 일찍 일어나 아침밥을 해준다. 이모는 아침 시간이 가장 바쁜 사람이다. 정기적인 사무실의 꽃 배달과 축하용이나 행사용 바구니가 거의 그 시간에 이루어지기 때문이다. 틈틈이 간식도 만들어주고, 내 얼굴에 박힌 채송화 씨 같은 여드름도 짜준다. 이모의 손은 화초 가시에 찔린 상처로 까맣게 굳은 점들이 무수히 박혀있다. 완전 '오레오 아이스크림' 같다. 마음이 짠하다. 흔히 꽃집이라고 하면 예쁜 아가씨가 그림 같이 앉아서 꽃다발이나 꽃바구니를 만드는 모습을 상상하기 쉽다. 하지만 그건 영화나 드라마에 나오는 판타지일 뿐이다. 그랬다간 굶어 죽기 딱 좋다. 꽃은 전체 판매의 20퍼센트 정도고, 각종 화환이나 나무, 난 화분을 팔아야 돈이 된다고 한다.

특별한 일이 없는 한 저녁도 차려준다. 솔직히 성가실 때가 많다. 식탁에 앉아서 전자저울 같은 눈으로 내 식사량과 입맛까지 꼼꼼히 점검하기 때문이다. 밥을 몇 숟가락이라도 남겼다 하면 의심쩍은 눈알을 지름 곱하기 파이로 굴리며 속사포 같은 질문을 쏘아댄다.

"어디 아파?"

"친구랑 싸웠어?"

"학교에서 무슨 일 있었지?"

"재석이 문제구나."

이모가 엉터리 심리 분석에 들어가기 전에 재빨리 입을 다물게 할 방법은 한 가지다.

"친구들이랑 떡볶이 스터디했단 말이야."

내게 떡볶이는 단순한 간식이 아니라 스터디다. 파스타와 자매지간이라 할 수 있는 떡볶이는 내 미래와 직결된 음식이기에 맛의 탐구를 게을리할 수가 없다. 더욱 우정을 다지는 절대적인 명소가 후문 앞의 분식점이라는 걸 이모는 잘 모른다.

"매운 것 많이 먹으면 키 안 큰다."

이모는 잔소리에다 꼭 식초를 치지만 그 잔소리가 또 미네랄이며 필수아미노산이다. 간식은 날치알 야채 말이다. 입안에서 톡톡 터지는 고소한 날치알과 아삭한 양상추의 조합은 가히 환상적이다. 기호식품은 그 사람의 잠재의식과도 관계가 있는 걸까. 나는 날치알을 무지 좋아한다. 가슴지느러미가 유별나게 큰 날치는 천적인 다랑어나 삼치에게 쫓길 때 수면 위를 도약하여 공중을 나는 물고기라고 한다. 행글라이더 같은 가슴지느러미를 펼치며 한순간에 푸른 해면을 차고 오르는 날치를 보면 가슴이 다 뻥 뚫린다. 그동안 내가 삼킨 날치알이 속에서 부화한다면 태평양쯤은 거뜬히 건널 수 있을 것이다. 어쩌면 엄마가 살고 있다는 위니펙 까지도.

*

윤서가 작은 화분을 품에 안고 꽃집에 왔다. 잎끝이 검게 타들어가고 줄기가 축 처진 '미니금사철'이다. 이모는 윤서의 화분을 살핀 뒤에 화분의 좁아 그렇다며 분갈이를 해줘야 한다고 했다. 이모는 중간 사이즈의 벽돌색 테라코타 화분에다 그물망을 넣고 마사토와 배양토를 차례로 채운 뒤 '미니금사철'의 집을 옮겨주었다. 집이 좁아 꽈배기처럼 얽혀 있던 뿌리도 가지런히 펴주고 겉흙이 마르지 않게 사나흘에 한 번씩 물을 주라는 당부도 잊지 않았다. 윤서의 지난 기말고사 성적은 바닥이었다. 떡볶이 스터디에도 빠지고 수업 시간에도 멍때리기 일쑤였다. 무슨 걱정이 있는 게 분명했다.

"야, 조사 들어가기 전에 솔직히 까."

"별일 아냐."

"그럼 비밀 보장되고 전화로 카운슬링하는 곳 갈쳐줘?"

"됐어."

'미니금사철'보다 더 풀죽어 있던 윤서가 화초를 한참 만지작거리더니 그제야 속을 털어놓았다.

"엄마랑 아빠랑 완전 뽀개졌어."

윤서의 부모님이 이혼했다는 거다. 더욱 윤서의 엄마는 딸의 양육권을 포기하고 거액의 위자료를 챙겼다고 했다. 딸의 양육권에 관해서는 애초에 밀당조차 하지 않았다는 것이다.

"참 어메이징한 모정이다."

윤서를 위로할 말이 얼른 떠오르지 않았다. 윤서의 꿈은 가우디 같은 건축가가 되는 것이다. 그러나 가정이 무너지면서 제 꿈도 무너진 것 같다며 울먹였다. 생물 선생님은 냉혈동물인 뱀의 99.7퍼센트가 제 새끼를 키우지 않는다고 했는데 나와 윤서의 엄마는 왜 그런 동물과 어깨를 나란히 할까. 나는 윤서가 예전의 나처럼 방황할까 봐 걱정이 되었다.

"가출. 흡연, 게임중독, 스마트폰에 수상한 앱 깔면 절대 안 돼. 알았지?"

"고려해 볼게"

윤서가 접수한다는 뜻의 썩소를 날렸다. 아무래도 학년 중에 이수해야 할 봉사활동의 나머지 시간은 윤서를 돌보는 것으로 퉁쳐야 할 것 같다.

*

이모는 나를 이모가 기르는 화분으로 착각한다. 그래서 때맞춰 물주고 햇볕을 쏘이고 통풍도 시켜줘야 한다고 믿는다. 하긴 나만한 공기정화식물이 또 어디 있겠는가. 친구들은 아무리 꿀꿀하다가도 나만 보면 기분이 쨍하니 갠다고 좋아한다.

이모의 꽃집은 보통 경매를 통해 꽃을 구입하지만 특별히 주문받은 내용이 있을 때는 꽃시장에 간다.

꽃시장은 지하계단 입구에서부터 향기가 진동했다. 꽃들이 뿜어내는 향기 코러스에 코가 다 먹먹할 지경이다. 장미는 소프라노로, 국화는 알토로, 안개꽃은 허밍을 하는 듯하다. 가장 높고 고운 소리를 내는 장미는 예쁘기도 하지만 그 품종만도 2만 5천여 종이나 된다니 놀랄 지경이다. 빛이나 온도에 따라 색깔이 변하는 마술 장미나 어둠 속에서 빛을 내는 야광 장미도 신기하다. 꽃잎이 일곱 가지 무지개색인 레인보우 장미는 완벽하게 분장한 여배우 같다. 너무 화려해서 조화로 착각할 지경이다.

이모는 특별한 꽃바구니를 주문받았다고 했다. 결혼기념일이나 생일에 꽃바구니를 주문하는 사람은 주로 남자였다. 이모는 그들을 항상 싸잡아서 비난하곤 했다.

"소재를 뭘로 할까 물으면 열이면 여덟은 알아서 해달라는 거야. 지 마누라가 좋아하는 꽃을 모른다는 소리지. 카드나 리본에 새기는 글도 마찬가지, 나보고 알아서 해 달래. 일 년에 한두 번, 비싼 돈 내고 꽃바구니를 선물하면서 꽃집 주인 맘대로, 고마워, 사랑해, 건강해, 그렇게 대충 써 보낸다니까."

또 그런 꽃바구니는 대개 배달이었다. 꽃 선물은 주는 순간과 받는 순간이 가장 중요하다고 생각한다. 일단 꽃을 받은 뒤에는 그저 약간 특별한 선물로 기억될 뿐, 처음의 감동은 사라지기 때문이다. 그런 중요한 순간을 배달기사에게 양보하다니, 비싼 돈을 내고서 그런 멋진 기회를 포기하는 사람들을 보면 얼간이 같다.

이모는 양동이에 담긴 색색의 꽃을 한 송이씩 뽑아서 코에 대고 향기를 맡았다.

"이모, 미스 향기 뽑는 거야?"

"프러포즈용 꽃바구니인데 특별히 향기가 좋은 꽃으로 해 달래."

이모는 장미 향기는 밖으로 잘 분산되지 않는다며 콧구멍까지 벌렁대면서 향기를 맡았다. 좋은 향기는 마음을 포근하고 행복하게 해준다. 내가 좋아하는 향기는 수줍고 은은하게 풍기는 은방울꽃 향기다. 그 향기는 마치 말수 적은 재석의 미소 같다.

"이모 난 재석이에게 내가 먼저 프러포즈할 거야."

"아무리 시대가 변했어도 프러포즈는 남자가 먼저 하는 거야."

"성격 급한 사람이 먼저 하면 되지. 나무늘보의 프러포즈 기다리다가 독거노인 되기 딱 좋아."

이모는 기막힌 듯 웃는다. 이모는 중간 정도 핀 핑크빛 사피아 장미를 세 다발 골랐다. 사피아 장미는 잎사귀와 가시에서도 향내가 난다. 가시에 찔려도 고통조차 황홀할 것 같다.

"이모, 대따 향기 좋다. 여왕의 침실에서 나는 향기 같애."

"아름다운 순간과 함께 평생 기억에 남을 향기야. 향기 값은 따로 계산해야겠다."

이모는 이럴 때 보면 영락없는 장사꾼이다.

"돈 많이 벌어서 뭘 할 건데?"

이모는 조금도 망설이지 않고 대답한다.

"우리 승미 시집갈 때 바리바리 실어 보내려고……."

"에이, 미안해서 안 되지. 그냥 젤루 가벼운 것 하나만 해줘."

"그게 뭔데?"

"통장."

이모는 깔깔대며 웃는다. 말은 그렇게 해도 이모에게 매달 용돈을 탈 때마다 몸 둘 바를 모르겠다. 이모는 엄마가 보내주는 용돈이라며 모정의 마지막 양심이라고 둘러대지만 아무래도 거짓말 같다. 경기가 어느 때보다 나빴던 올여름을 이모는 많이 힘들어했다. 이모는 1월을 가장 좋아한다. 인사이동이 많은 1월에 특히 꽃집의 장사가 잘 되어서다. 향기를 많이 맡아서 그런지 갑자기 배가 고팠다. 나는 밥부터 먹자고 이모를 졸랐다.

이모와 난 꽃상가 맞은편에 있는 식당의 문을 열고 들어갔다. 식당 아줌마가 주방 창구로 고개를 빠끔히 내밀고 무엇을 먹겠느냐고 묻는다. 벽에는 열 가지도 넘는 메뉴가 붙어있다. 나는 망설임 없이 돼지불고기를, 이모는 약간 망설인 뒤 물냉면을 주문했다. 며칠 전부터 계속 고기가 땅긴다. 어디서 노린내만 풍겨도 침을 꼴깍 삼키게 된다. 그건 마음이 울적할 때 나타나는 반응이다. 그리고 보면 외로움은 지용성脂溶性인 것 같다. 기름지고 느끼한 것이 땡기니 말이다.

돼지불고기는 맵고 달고 느끼했다. 이모는 물냉면 속에 든 차가운 고기 두 토막을 내 밥그릇에 살그머니 얹어주었다.

*

평화로운 이모의 일상에도 가끔 누군가가 슬라이딩 태클을 걸 때가 있다. 바로 작은외숙모다. 아르바이트 청년이 결근해서 꽃집을 비울 수 없어 중국음식을 배달시켜 먹기로 했다. 이모가 핸드폰으로 우리의 단골 세트를 주문하려는 순간, 누가 유리문을 소리 나게 열고 들어왔다. 작은외숙모였다. 꽃집에 들어선 작은외숙모는 얼굴이 상기된 채 인사도 생략하고 본론부터 꺼냈다.

"이번 토요일 저녁에 시간 비워요. 소개팅 잡았어요."

이모는 당황한 듯 눈을 깜박이며 핸드폰만 만지작거렸다. 외갓집에서 이모와 내가 분가한 뒤 두 사람의 사이는 어딘가 서먹서먹했다. 작은외숙모는 갑자기 양동이에 꽂힌 핑크빛 에스메랄다 장미 봉오리 하나를 쑥 뽑더니 이모 얼굴에 바짝 들이댔다.

"꽃 속에 묻혀 산다고 설마 아직 꽃이라고 착각하는 건 아니죠? 거울은 보고 살아요?"

화장품이라고는 스킨로션이 전부인 시든 양배추 같은 서른아홉 살의 노처녀를 보면 누구라도 그런 뼈 때리는 말을 했을 것이다. 작은외숙모는 흥분하면 누가 곁에 있다는 사실을 곧잘 까먹는다. 내가 그 자리에 끼어있기엔 무척 난감한 상황임에도 불구하고, 어쩔 수 없이 난 인도고무나무나 산세베리아 같이 한쪽에 뻘쭘하게 서 있어야 했다.

“돌싱 된 지 4년 된 마흔세 살짜리 교육 공무원인데, 훈남에다 집안이며 재력이며 완전 호감 쩔어요.”

“박행자 씨 눈에 호감 안 쩌는 남자도 있어?”

입이 붙어버린 듯 한마디도 않고 있던 이모가 그 대목에서 말문을 텄다. 이모는 언제부턴가 작은외숙모의 남자 취향이 졸라 구리다고 비아냥거렸다. 외숙모가 옛날에 사귀었던 고등학교 선배를 포함해서 지금 같이 사는 남자 수준을 보면 알 수 있다고 말이다. 작은외삼촌이 들으면 주먹을 불끈 쥐고 일어설 일이다. 이모는 가끔 내 나이를 잊고 할 말 안 할 말을 가리지 않고 한다. 사람이 너무 외롭다 보면 꽃이나 나무에게도 말을 건다는데 아마 이모 상태도 그런 것 같다.

“그렇게 숏다리와 자려면 얼마나 많은 환상이 필요할까. 내 빈곤한 상상력으로는 도저히 가늠이 안 되네. 하여간 박행자 씨 상상력 하나는 팀 버튼을 능가한다니까.”

나는 절반도 못 알아들은 이모의 말을 인터넷을 뒤져서 이해했다. 뇌란 중요한 성적기관의 하나이므로 쾌감을 높이기 위해 환상이라는 정신적인 도구를 사용한다는 것이다. 음식에 대한 욕구가 식욕을 자극하듯 아마 남녀 간의 진한 스킨십도 같은 시스템인 모양이었다. 외할머니의 말로는 작은외삼촌의 키가 작은 건 어릴 때 잔병치레를 많이 했기 때문이라며, 남자는 뭐니 뭐니 해도 능력 하나로 모든 결점을 덮는다고 강조했다. 작은외숙모는 외할머니의 말에 긍정도 부정도 하지 않았으나, 키 높이 구두가 제값을 한다는 사실을 일깨우는 건 빠트리지 않았다.

"신고 나서면 감쪽같긴 하죠."

작은외숙모는 에스메랄다 장미를 제자리에 꽂으며 나지막이 속삭였다. 연극배우 뺨치게 말랑한 목소리였다.

"완전 제임스 맥어보이예요. 안개 낀 템즈강 같이 우수 어린 눈매가 죽인다니까요."

언젠가는 김래원 아저씨 필이라더니 이번엔 제임스 맥어보이다. 이 아저씨라면 이모의 마음이 흔들릴 것도 같다. 언젠가 텔레비전에서 〈어톤먼트〉라는 영화를 보면서 이모의 눈에 이슬이 가득 맺혔던 적이 있었으니 말이다.

"우수 좋아하네. 그 나이면 청승이지. 이 암울한 시대에 청승까지 갖췄다면 완전 우울증의 종결자네."

이모는 계속 어깃장을 놓았다. 하긴 고분고분하면 이모가 아니다.

"성격도 그만이고, 죽을 때까지 연금도 나와요. 완전히 종신보험 드는 거라니까요."

작은외숙모는 이모의 시큰둥한 반응에도 끄떡하지 않고 계속 물고 늘어졌다. 이모는 작은외숙모의 얼굴이 차츰 일그러지는 것도 아랑곳없이 계속 기분대로 지껄였다. 이모는 머리는 좋은데 눈치가 꽝이고 뒤끝이 긴 게 흠이다. 어떤 말은 상대가 듣기에 무안하다는 걸 헤아리지 못한다.

“잘됐네. 그렇게 좋으면 행자 씨가 이혼하고 그 자리에 가면 되겠어.”

참을성 있게 이모를 꼬드기던 작은외숙모가 마침내 화를 발끈 냈다. 화가 나자 작은외숙모의 얼굴은 완숙 토마토처럼 빨개졌다. 그리고 드디어 반말이 튀어나왔다.

“야, 넌 인간이 왜 그렇게 배배 꼬였니? 그거 진짜 심각한 병이야. 치료받아야 해.”

평소엔 이모에게 망고 샤베트처럼 사르르 녹다가도 감정적인 문제에 부딪히면 고등학교 선배로 돌아가는 버릇 때문이다.

“너 여자로 살날 얼마 안 남았어. 제발 꿈 깨. 이젠 떨이라도 해야 해. 누군 할 일 없어서 이러고 다니는 줄 알아. 그냥 늙어 꼬부라지게 놔두고 싶어도 어머님이 하도 등쌀을 대서 그래. 내 다신 이런 뻘짓하고 다니나 봐. 그땐 성을 간다.”

한바탕 퍼붓고 난 작은외숙모는 자리에서 일어서며 그제야 나를 발견한 듯 멋쩍게 씩 웃었다. 그리고는 언제 그랬느냐는 듯 시침을 떼며 상냥한 음성으로 말했다.

“아유 승미는 그새 더 예뻐졌네. 개학하기 전에 집에 한번 놀러 오너라.”

작은외숙모는 이모에겐 눈길도 주지 않고 찬바람을 쌩하니 일으키며 가게를 떠났다. 한동안 어색한 침묵 속에 앉아 있던 이모는 갑자기 생각난 듯 중국집에 전화를 했다.

"여기 '김사라 꽃집'인데요. 날치알볶음밥 하나에 파인애플탕수육 그리고 울면 하나요."

전화하는 이모의 목소리에 힘이 없다. 작은외숙모에게 말은 그렇게 해도 울면을 찾는 걸 보니 울고 싶은 기분인 모양이다. 나의 균형 잡힌 조언이 필요한 시점이 바로 그럴 때다.

"이모, 머리는 파마하라고 있는 게 아니야. 머리를 써. 거절은 더욱 공손하고 아리송하게, 속마음 들키지 않게, 생각해 볼게요, 돌싱 자리는 별로 안 땡겨요, 얼마든지 둘러댈 수 있잖아. 그리고 외할머니가 사시면 얼마나 더 사시겠어. 어버이 살아 실제 섬기기를 다하라고 했어. 이번 기회에 마음먹고 효도 한번 하자. 확실한 팁 하나 알려줄게."

이모는 대답 없이 나를 바라보았지만 궁금해 죽겠다는 표정이었다.

"제임스 맥어보이 만나서 무조건 키스부터 하고 보는 거야. 첫 키스 때 여자의 뇌는 남자의 침을 화학적으로 분석해서 성격, 유전적인 적합성, 그리고 부적합성까지 가려낸대."

"콩알만 한 게, 아예 결혼상담소를 차려."

이모는 내 머리에 진짜 아프게 주먹 꿀밤을 먹였다.

*

외할머니는 누가 뭐라 해도 결혼이 남는 장사라고 주장한다. 그건 계산기를 아무리 두드려도 틀린 셈이 분명하다. 엄마와 아빠처럼 남남이 된 부부, 무늬만 부부일 뿐 남보다 더 냉랭한 고모네 부부, 별거 중인 삼촌네 부부.

더욱 엄마는 재혼한 뒤에 전화 한번이 없다. 엄마는 전화번호조차 알려주지 않았다. 빛의 속도로 소식이 오가는 이 시대에 굳게 철벽을 치는 건 속 보이는 짓이다. 이모 말로는 새로운 생활에 적응할 시간이 필요하다지만, 새 출발에 방해가 될 딸의 존재를 감쪽같이 속였거나, 아님 귀찮아서 완전 시치미를 떼고 있는 것이다. 그런 엄마를 생각하면 마음이 얼음처럼 차가워진다. 그 순간은 이모의 사랑도, 윤서와의 우정도 재석의 진심도 전부 돌멩이보다 하찮게 보인다. 나는 엄마 인생의 부스럼딱지며 이모 등에 매달린 혹에 불과하다는 생각에 빠진다. 지난 5년 동안 내 키가 5센티미터도 채 자라지 못한 것이 그런 자괴감 때문일 것이다.

이모는 외할머니의 주장이 망언이라며 결혼이 제도의 오류라고 반박한다. 굳이 결혼해야 한다면 결혼의 옵션을 다양화해서 1년제, 3년제, 5년제 등, 선택적으로 가야한다고 말이다. 인내심이 품절된 이 시대에 평생 동안의 극기 훈련은 누구라도 불가능하다는 것이다. 결국 결혼 생활을 끌고 가는 것은 사랑도 그 무엇도 아닌 인내라는 말이다. 내 생각에 결혼을 유지하는 비결은 건망증인 것 같다. 생물 선생님은 숲에 참나무가 무성하게 된 것은 다름 아닌 다람쥐의 건망증 때문이라고 했다. 다람쥐는 도토리나 밤을 주워 먹기도 하지만 대부분 땅에 묻어 월동 양식을 마련한다. 그러나 다람쥐는 양식을 묻은 곳을 일일이 기억하지 못하고, 다람쥐가 찾지 못한 도토리는 봄이 되면 여기저기 싹을 틔워 무성한 참나무로 자란다. 산이 푸르게 우거진 현상 뒤엔 그런 말도 안 되는 우스꽝스러운 이유가 숨어있다.

엄마가 아빠의 많은 실수를 잊을 수 있었다면, 다람쥐 같은 착한 건망증이 있었다면 이혼까지 하지 않았을 거다. 그러나 엄마는 기억력이 좋을뿐더러 철저히 복습까지 하는 스타일이다. 주변 사람들에게 끝없이 징징거리는 방식으로 말이다. 대부분은 내가 듣지 말았어야 할, 미성년자 청취 불가의 말들이었다. 엄마는 아빠의 비행을 내게 시시콜콜 일러바침으로 순간의 위로를 얻었을지 몰라도, 반복 학습으로 뇌에다 나쁜 기억을 차곡차곡 저장했을 것이다. 그런 기억 강화법은 공부에는 도움이 되지만 가족 사이엔 나쁜 영향을 끼친다. 한숨이 나왔다. 그런 이기적이고 응석받이인 엄마가 요즘 많이 보고 싶다. 종종 꿈에 나타나기도 한다. 엄마는 미안한지 꿈속에서 그저 말없이 웃기만 한다. 엄마를 꿈에 본 날은 종일 기운이 없다. 잠들기 전엔 누가 등을 긁어주는 걸까, 엄마는 잠이 안 오는 밤엔 꼭 내게 등을 긁어달라고 했다. 어떤 날은 엄마의 등을 긁다가 내가 먼저 잠든 적도 있다. 함께 사는 아저씨는 엄마의 어리광을 잘 받아줄까. 아빠가 그토록 지겨워한, 화나면 화가 완전히 풀릴 때까지 징징거리는 버릇을 싫어하진 않을까. 이런저런 생각을 하다 보면 꼭 체한 것처럼 가슴이 답답하다. 가슴을 아무리 문질러도 시원하지가 않다. 그리움과 체한 것은 왜 증상이 비슷한지 모르겠다. 나는 그런 기분을 이모에게 들키지 않으려고 표정관리에 무척 신경 쓴다. 그러잖아도 이모는 내가 약간 침울한 기색이라도 보이면 기분을 풀어주려고 온갖 재롱을 다 떤다. 내가 자기의 딸이라고 주장하는 것도 그 중 하나다. 그렇게 말도 안 되는 뻥을 칠 때면 나는 대놓고 이모를 핀잔한다.

"사라양, 상상임신이었대도."

근데 어젯밤에 이모는 또다시 그 이야기를 꺼냈다. 철없을 때 사고 쳐서 낳은 날 우리 엄마한테 맡겼다는 것이다. 미안하다고 사과까지 하는 표정이 제법 진지했다.

"에이, 뻔한 스토리, 출생의 비밀, 뭐 그런 막장 드라마의 표절이네 뭐."

"진짜라니까."

"그럼 친아빠는 누구야?"

나는 텔레비전에서 눈도 떼지 않은 채 심드렁하니 물었다.

"그건 말 못해."

"왜, 정자은행에서 구했어? 어떤 유전자를 물려받았는지 궁금하니까 말해봐."

"음, 무덤까지 이 비밀을 가져가려 했는데…… 꼭 알고 싶다면야, 근데 굳이 말하지 않아도 너무나 판박이여서 멀리서도 한눈에 알아볼 수 있어."

나는 그제야 약간의 호기심이 발동했다. 이모가 거짓말을 할 때 나타나는 눈꺼풀 떨리는 증상이 없었기 때문이다. 나는 이모에게 바싹 다가앉았다.

"누군데? 혹시 내가 아는 사람이야?"

"응, 만난 적도 있어."

"언제?"

"3년 전 쯤, 어린이 대공원에 갔을 때……."

"아, 매표소에서 만났던, 파인애플농장 한다는 왕눈이 아저씨?"

"얘가, 얘가, 내 수준을 뭘로 보고……."

"그럼 누군데?"

"대공원 안에서 식물원 쪽으로 한 2백 미터쯤 가다가 큰 활엽수 몇 그루 서 있던 장소 기억나?"

"근데?"

"거기 집 주인 아저씨 말야, 눈이랑 코가 너랑 그대로 닮았잖아."

이모는 눈도 깜짝 않고 나를 웃겼다. 근데 어린이 대공원의 꽃사슴이 내 아빠라고 우기는 이모의 얼굴이 왠지 슬퍼 보였다. 달래줘야 할 사람은 내가 아니라 오히려 이모 같다는 착각이 들었다.

"이모, 우리 모녀지간 말고 선후배로 가자. 결초보은의 심정으로 머리 터지게 공부해서 기필코 이모가 졸업한 대학에 합격해줄게."

이모가 느닷없이 울음을 터뜨려서 당황했지만 당분간 친딸론은 잠잠해질 것 같다.

*

남복창 씨가 나타났다. 거의 5년 만이었다. 큰 병이라도 앓은 사람처럼 얼굴이 창백한 아빠는 혼잣말인 듯 더듬거리며 말했다.

"클수록 제 어미를 ……."

초등학교 4학년 때 헤어진 아빠는 내 기억과 많은 차이가 있었다. 체구가 생각보다 작았고, 얼굴도 훨씬 늙고 지쳐 보였다. 아빠를 보려고 작은외삼촌과 외할머니가 오셨다. 작은외삼촌은 아빠께 그동안 고생했다며 건강은 괜찮은지 묻고 음식과 술을 권했다. 아빠는 굳은 얼굴로 계속 술만 마셨다. 나는 낯선 아빠를 멀찍이 떨어져서 바라보았다. 이모는 괜히 앉았다 섰다 하며 안절부절못했다.

그날 밤, 잠결에 거실에서 화난 외할머니의 큰 음성이 들렸다.

"승미는 안 되네. 당장 생활은 어떻게 하고, 그 얘긴 나중에 승미 대학에 간 다음 차차 하세."

"공사판에서 등짐을 지더라도 제 새끼는 제가 책임져요."

"자네 앞가림이나 할 생각하게. 승미 얘긴 더 이상 꺼내지 말고."

"저도 이제 정신 차렸다고요. 죗값도 치렀고요. 승미 어미만 그렇게 싸고돌지 마세요. 자식 버리고 새파랗게 젊은 놈한테 시집간 여자가 어디 제정신이에요?"

잠이 확 달아났다. 숨이 차고 얼굴이 달아올랐다. 그동안 엄마의 재혼 상대에 대해 난 묻지 않았고, 식구들도 약속이나 한 듯 입을 꽉 다물고 있었다.

"누가 그따위 호랑말코 같은 소릴 해?"

"돈도 우라지게 많은 놈이라 아주 팔자가 처 늘어졌다면서요."

"누가 뭔 소릴 지껄였는지 모르겠네만, 터진 입 다물고 잠잠히 있게. 죄 받네. 아이고, 불쌍한 내 새끼, 미라 생각하면 가슴이 천 갈래 만 갈래로 찢어져. 낯설고 물 설은 땅에서 눈도 제대로 못 감았을 걸세. 얼마나 정신줄을 놓고 있었으면 자동차에 받혔겠나. 승미에겐 여태 암말 못했네."

나는 잠자리에서 솟구치듯 일어나 방문을 활짝 열어젖혔다. 얼굴이 굳은 아빠가 나와 시선이 마주치자 고개를 푹 숙였다. 허리를 꼿꼿이 세우고 거실 바닥에 앉아있던 외할머니가 벌떡 일어나 내게로 허둥지둥 달려오는 모습이 보였다. 나는 이게 꿈일지도 모른다는 생각에 얼른 울음이 터지지 않았다.

종일 누워있었다. 몸이 공중부양을 하는지 머리가 어질어질해서 눈을 뜰 수가 없었다. 눈물이 그치지 않아서 눈알이 쓰라렸다. 엄마가 죽었다는 사실을 믿을 수가 없었다. 그것도 벌써 5년 전에 교통사고로 세상을 떠났다니. 항상 마음속에 있으면서 이런저런 하소연을 해대는 엄마를 어떻게 죽었다고 할 수 있겠는가. 간밤에도 막 잠이 들려는 순간 엄마는 내게 등을 긁어달라고 했다. 나는 냉정하게 거절했다. 엄마도 이제 무조건적인 응석은 안 통한다는 걸 알아야 한다. 딸이 이처럼 깊은 슬픔에 잠겨있는데, 위로는커녕 귀찮은 부탁이나 하다니. 엄마는 서운한지 밤새 내 등 뒤에서 잠을 못 이루고 뒤척거렸다.

*

개학을 하자 나는 공부에만 매달렸다. 난이도가 부쩍 높아진 과목들이 공부에 대한 도전의식을 자극하기도 했고, 한동안 소홀했던 꿈을 다시 마주하기로 마음을 다잡았기 때문이다. 이탈리아어를 배우려고 인터넷 강의도 신청했다.

아빠는 매주 일요일 오후에 나를 보러왔다. 아직도 충격에서 깨어나지 못한 멍한 표정으로 '김사라 꽃집'에 우두커니 앉았다가곤 했다. 아빠는 삼촌네 분식점의 주방 일을 맡았다고 했다. 날씨가 많이 싸늘해졌는데도 반팔 남방셔츠에 조리를 신고 온 아빠에게 나는 당장 신발과 옷을 바꿔 입으라고 말했다. 지저분한 손톱과 수염도 깎으라고 잔소리했다. 아빠는 아무런 대꾸 없이 얼굴을 찡그리더니 갑자기 손등으로 눈가를 훔쳤다.

고등학교를 배정받으면 아빠와 같이 살 작정이다. 분식집에 딸린 작은 방에서 대책 없이 혼자 늙어가는 아빠를 그냥 내버려 둘 수는 없다. 개과천선까지는 아니더라도 아빠는 확실히 좀 달라진 듯하다. 반성문을 쓰는 사람처럼 고개를 떨군 채 자신을 곰곰이 되돌아보는 듯한 모습이 그렇다.

하루에도 몇 번씩 마음이 캐나다 단풍나무 숲에 쌓인 엄마의 묘지로 달려갈 때면, 그 옆엔 항상 땀에 전 손수건처럼 후줄근한 아빠가 서 있다. 이미 오래 전에 깨어진 가족이지만 기억 속의 사진은 그대로여서 마음이 아프다. 세상의 많은 관계들이 감자칩처럼 쉽게 부서진다 해도 가족만큼은 아닌 것 같다. 내 키가 한 달 사이에 일 센티미터나 자란 것만 봐도 마음이 놓인다는 게 무슨 뜻인지 알게 된다. 외할머니가 말한 고난 뒤에 온다는 축복의 의미도 조금은 알 것 같다. 그러나 축복에도 종류가 많다는 걸, 때로 절름발이 축복도 있다는 정확한 약관을 제시하지 않은 건 위법이다. 아무리 아빠가 정신을 차렸다 해도 엄마가 없는 삶은 절뚝거릴 수밖에 없기 때문이다.

이모는 분명 내 결정에 펄쩍 뛸 것이다. 마치 친권이라도 빼앗긴 사람처럼 마구 흥분할 것이다. 그러나 이모가 진심으로 아끼는 식물이 나라면, 그 성장을 위해서 분갈이를 해줘야 한다. 윤서의 '미니금사철'처럼 더 넓은 곳을 향해 가지와 뿌리를 뻗기 위해서다. 이모는 분갈이의 시기가 잎끝이 타들어가고, 화분 바닥의 구멍으로 뿌리가 삐져나올 때라고 했다. 내 마음이 지금 그렇다. 아빠에 대한 걱정으로 입이 마르고, 마음은 벌써 '김사라 꽃집'의 담장을 넘었다. 그리고 무엇보다 이모도 이제 이모의 삶을 살아야 한다. 언제까지 42킬로그램짜리 커다란 혹을 등에 매달고 살 순 없지 않은가. 대신 남복창 씨의 인생이 좀 고달파질 건 각오해야 할 것이다. 징징거리는 게 딱딱거리는 것보다 얼마나 더 편했던가, 두고두고 엄마를 그리워하며 후회하게 만들어줄 테니까 말이다.

해설

사랑과 이별의 역설적 다중주, 오감각의 수채화

사랑과 이별의 역설적 다중주, 오감각의 수채화

오태호(경희대 교수, 문학평론가)

1. 사랑과 이별의 교향악

유애숙은 현대인의 소소한 일상생활에서 벌어지는 만남과 이별에 촉수를 내미는 '일상적 리얼리즘'의 작가이다. 2000년 《작가세계》에 「명문 아파트」로 등단한 이후 『장미 주유소』(2005)를 상재한 작가는 첫 소설집에서 '인간의 욕망'에 대한 다면적 천착 속에서 '진정한 사랑의 가치'를 탐색해 왔다. '욕망의 아이러니, 소설의 아이러니'(차창룡)로 표명되는 자본주의적 욕망의 거짓과 진실을 탐색해온 첫 단추는 두 번째 소설집에서 '사랑과 이별의 교향악'으로 펼쳐진다.

이번 소설집 『밤의 가스파르』는 인간관계의 표면과 이면을 입

체화하는 다중주 모음집에 해당한다. 10대에서 60대에 이르는 등장인물들이 일상에서 경험하는 만남과 이별의 다채로운 과정을 추적하면서 시각과 청각, 후각 등의 다양한 오감각을 버무려 성찬을 빚어낸다. 독자는 만남과 이별 혹은 이별과 새로운 만남 등을 추억하는 연애담의 이면을 들여다보면서 관계의 (불)가능성을 탐색한다. 그리하여 새로운 만남을 기대하는 주인공들의 내면에 공감을 피력하게 된다. 표제작과 동일한 제목의 라벨의 피아노곡 〈밤의 가스파르〉는 프랑스 인상주의 음악의 특징인 섬세한 묘사력을 통해 고난이도의 연주 기술을 선보인 텍스트로 평가되며, '물의 요정, 교수대, 스카르보'라는 세 개의 악장으로 구성된다. 배우자의 죽음에 대한 애도를 표방한다는 점에서 음악과 소설의 공통점이 드러나지만, 소설은 그 이후의 '따뜻한 온기'를 상상한다는 점에서 더욱 의미심장하다.

신화심리학에 따르면 인간의 마음은 인류의 조상들이 생존과 번식에 이바지하게끔 자연선택에 의해 진화하게 된 결과물이다. 유애숙 소설의 주인공들이 표방하는 연애담은 진화심리학적 관점에서 보면 '덜 진화된 존재'들이 지닌 마음의 본성을 추적하는 방식을 택하는지도 모른다. 과거를 추억하거나 새로운 상대를 찾아 배회하는 존재들의 삶이 가까스로 적자생존 하는 양상으로 형상화되고 있기 때문이다. 그러나 우리 삶의 가장 중요한 대목이 생로병사의 순환 속에서 '사람의 온기'를 찾아 타자와의 사랑을 경험하는 것이라면 존재론적 숙명이 배우자 찾기에 해당할 것이다. 작가는 다양한 인물 군상의 사랑과 이별이 펼쳐 보이는 다성악의 표정을 다양한 오감각의 배경 속에서 빚어내고 있는 셈이다.

2. 과거를 추억하는 오늘의 만남 – 「밤의 가스파르」와 「당신의 오후」

표제작인 「밤의 가스파르」는 유애숙의 이번 소설집에서 가장 탁월한 문학적 성취에 해당한다. 아내와의 사별 이후 우울감에 젖어 있는 '그'를 추적하면서 작가는 자연스런 감정의 흐름을 포착한다. 그리하여 사별 이후의 허무감뿐만 아니라 새로운 만남에 대한 기대라는 양가감정을 섬세하게 형상화한다. 주인공인 '그'는 휴대폰 신상품개발팀에 근무하는데, 홀아비가 된 이후 모든 행위에 '우울'이라는 수식어가 붙어, '우울한 식사, 우울한 퇴근, 우울한 잠' 등이 따라붙는다. 그의 어머니는 41세에 혼자가 된 아들이 걱정되어, 며느리의 장례를 치른 지 채 1년이 지나기도 전에 망자를 속히 떨쳐야 '망자의 잠도 편한 법'이라며 맞선을 권한다. 9개월 가까이 '지독한 마음의 한기'에 시달려온 그는 상대가 '따뜻한 사람'이라는 한마디에 마음이 울컥해진다. 더구나 아내의 첫 기일이 지나고 입동을 하루 앞둔 상태에서 다가올 겨울을 혼자 견뎌낼 일이 두려워지자, '진짜 살아있는 사람의 온기'가 그리워진다.

아내와의 모든 기억에는 음악이 배경처럼 존재하는데, 아내가 음악을 '영혼이 깃든 창조물'로서 좋아했으며, '불멸의 영혼을 가진 존재만이 공유할 수 있는 높은 수준의 교감이 가능'한 텍스트라고 생각했기 때문이다. 하지만 아내의 사후 그에게는 모든 음악이 진혼곡인 '레퀴엠'처럼 들려올 뿐이다. 그리하여 일부러 귀를 틀어막고 침묵으로 삶을 에워싸면서, 슬픔이 만물의 공용어임을 깨닫는다.

거리를 지나는 자동차들이 하나둘 미등을 켜기 시작했다. 가장 견디기 힘든 시간이 이때였다. 죽음 같은 허무가 잿빛 혀를 날름거리며 그를 삼키려고 달려들었다. 슬픔과 고통은 시간이 도와줄 수도 있으니 허무는 어찌할 방법이 없었다. 하루하루 살아가는 일이 어제로부터 떠밀려온 것의 무의식적인 반응일 뿐, 내일을 기다리는 마음이 아니었다. 모래알 같은 시간이 흘러와서 저 혼자 발밑을 간질이다 사라졌다. 기왕 알고 있었다고 해도 죽음은 너무나 허망했다. 인생은 잠깐 있다가 사라지는 아침 안개였음을, 그의 몸을 달구던 아내의 따뜻한 살과 부드러운 머리칼도 그저 흙에 보태는 한 줌 거름일 뿐이었다. 그것이 또한 모든 애달픈 육체의 끝이기도 했다. 그는 참았던 한숨을 내쉬었다.

—「밤의 가스파르」

약속 시간에서 20분이 지나도 맞선 상대 여자는 나타나지 않고, 해 저무는 시간이 되자 '죽음 같은 허무'가 달려든다. 겨울 저녁이 빨리 어두워지면서 호수의 빛깔은 '스모크 블루'에서 '인디고 블루'로 저물어오고, 깜빡 든 잠 속에서 그는 아내와 함께 저녁을 먹는 환영에 빠진다. 거실에 흐르는 음악은 아내가 즐겨듣던 〈밤의 가스파르〉였다. '작은 물방울이 연달아 튀어오르는 듯한 트레몰로의 피아노 소리'가 잔잔하게 그의 가슴을 흔든다. 아내는 진정한 음악 감상이 "듣는 것을 지나 보는 것이며, 보는 것을 넘어 만나는 것"이라고 말한다. 지난 1년간 그는 줄곧 꿈과 현실을 혼동하며, 현실과 꿈의 시차를 극복하지 못해 괴로움을 겪는다. 그에게 사후적 애도의 기간이 아직 끝나지 않았기 때문이다.

이후 아내의 환영이 사라지면서 호수는 이제 '미드나잇 블루'로 바뀌어 어둠과의 경계가 완전히 허물어진다. 5시 45분이 되자, 그는 종업원에게 '죽은 연인을 잊지 못해 외국의 어느 바텐더가 이름을 붙였다'는 칵테일 '블루 마가리타'를 주문한다. 바람을 맞았다고 생각하며 칵테일을 마시고 일어서려는 순간 그제야 늦어서 죄송하다며 여자가 들어온다. 식사 이후 여자는 커피를 주문하고 핸드백에서 수첩을 꺼낸 뒤 질문 세례를 쏟아낸다. 특히 새 출발 결심의 동기나 계기를 질문하자, 처음에는 전혀 뜻이 없었지만 "심각한 결핍 증세에 시달렸다"면서 "영혼의 정전 상태"나 "겨우 숨만 붙어있는 식물인간"의 비유를 덧붙여 대답한다. 어떤 타입의 여자를 원하느냐는 질문에는 "마음으로 먼저 악수할 수 있는 사람"이라고 대답한다. 결국 여자는 원래 맞선 상대 여성이 아니라 결혼정보회사의 커플 매니저로 입사한 지 3일된 신입이었고, 이제 그만 상복을 벗어버리라면서 온기는 "살아있는 사람에게만 있다"는 사실을 잊지 말라고 당부한다. 여자가 나누어준 몇 시간의 온기로 그는 미소를 되찾으면서 '부부란 샴쌍둥이의 재연'일 수도 있다고 생각한다. 이후 그가 검푸른 수면을 내려다보면서 물속의 도시가 아늑하고 평화롭게 느껴지면서 작품이 마무리된다.

이처럼 「밤의 가스파르」는 상처한 남자의 재혼을 위한 맞선 자리에서의 해프닝을 다루고 있다. 부인을 떠나보낸 뒤 1년이 갓 지난 그의 허무감과 함께 '새로운 온기'에 대한 기대와 바람 등이 버무려진 작품이다. 사별한 아내의 빈자리에 대한 허무감이 짙게 깔린 작품이 「밤의 가스파르」라면 「당신의 오후」는 헤어진 옛 애인의 초라한 현재를 조망하는 풍자적인 작품이다. 즉 새로운 연인과의 관계를 돈독히 하기 위해, 8년 전에 헤어진 연인을 찾아 나서 '사면권자의 특권'을 행사하려는 내용을 담고 있다.

작품의 주인공 소희는 8년 전 헤어진 애인 김시준이 경기 남부 '향기수목원' 초입에서 '돈 조반니'라는 제육볶음 식당을 운영하고 있으며, 아직 싱글이라는 소식을 듣고 찾아간다. 현재 애인인 은재로부터 무거운 기억을 붙잡아두는 것이 어리석은 짓이자 일종의 '저장 공간의 낭비'인 셈이라면서, 상대를 사면하고 깨끗이 털어버리는 것이 '사면권자의 특권'이라는 이야기를 들었기에, 돌이키고 싶지 않은 기억과 마주할 용기를 얻게 된 것이다.

소희는 24세 무렵에 남성 전용 피부관리실 '마제스티'에서 매니저로 일하면서 시준을 알게 된다. 그때 시준의 향기들은 멋진 취향과 여유를 말해주는 듯했고, 손바닥에 닿은 그의 얼굴은 뜨거웠으며, 소희의 경험상 '피부의 온도=마음의 온도'라는 사실을 알게 된다. 그가 '마음의 아토피'를 치료해 달라고 부탁하자 그의 제안을 수락하면서 둘의 연애가 시작된다. 연애 당시에 '인맥 다이어트'를 하라는 소희의 말에 시준은 '미학적 취향' 때문이라면서 최고의 가치가 '여자'라고 말한다. 소희는 사랑이 상대의 부족함을 받아들이는 기술이며 이해를 뛰어넘는 영역이라고 믿으며, 시준의 아토피에는 보습의 인내가 필요하다고 생각한다. 금수저 출신에 이름난 대학을 졸업한 시준은 먹을거리와 옷과 장소에 이르기까지 명품을 고집한다. 그런 그와 만날 때면 마음이 편치 않았지만, 유학 준비 중이던 학생 시준을 위해 모든 경비는 소희가 부담한다.

8년이 지나 재회한 시준은 소희에게 죄를 지었지만 '한때의 실수'였다면서 미안하다고 사과한다. 더구나 종종 얼굴이나 보자면서 추억에 늦거름을 주자고 '대단한 호의'라도 베풀 듯 반드러운 멘트를 전한다.

> 불운한 건 자신이 아니라 시준이었다. 비공식적인 결별과 공식적인 파경은 리허설과 공연처럼 차이가 있다. 한쪽이 값비싼 교훈과 기회를 얻는 반면, 다른 쪽은 수치와 실패를 경험한다. 삶은 가끔 공정한 심판관처럼 정의로운 팔을 벌려서 앙갚음을 대행해줄 때가 있다.
>
> –「당신의 오후」

그때 '당신의 오후는 어때요?'라는 은재의 문자가 오자, 소희는 가벼워지는 중이라고 답신을 보낸다. 8년 전 그의 마지막 체취는 로즈마리향이었지만, 무덤가에 심겨져 망자를 추억하는 정령이 깃들인 풀이 바로 로즈마리 잎이라는 사실을 아는 소희는 뭉개진 로즈마리 잎을 빈 찻잔에 올려놓고 이별을 통보한다. 이제 누구에게도 상처를 주지 말고 선한 인연을 만들 것을 주문하자 그의 얼굴에서 웃음기가 사라지고 표정이 일그러진다. 소희는 찻값을 계산하고 나오면서, 화장실에 들러 손을 오랫동안 씻어낸다. 그리고 시준에게 남아있던 감상의 찌꺼기를 배수구에 깨끗이 흘려보낸다.

이렇듯 「당신의 오후」는 옛 연인이었던 남자를 8년 만에 만나 감정을 정리하는 이야기를 다룬 소품이다. 명품 지향의 속물에 불과했던 시준은 로즈마리 향수로 기억되는 남자이지만, 32세 소희가 다시 재회하면서 현 애인이 자신에게 건넨 조언으로서의 '사면권자의 특권'을 행사하면서 이별을 완성하는 이야기를 다루고 있다.

3. 실패와 성공 사이의 연애담 – 「나의 바나나 통조림」과 「인터미션」

작가는 남녀 사이의 엇갈린 연애담을 통해 인생의 성패를 조망한다. 「나의 바나나 통조림」에서 콘돔회사 마케팅 분야에 종사하는 30대의 화자(고운정)는 4개월간 만났던 T가 정오에 문자 메시지로 '간 기능 수치 상한가. 당분간 결단코 안정. 그동안 즐거웠음.'이라는 내용의 이별을 통보하자 우울감에 젖어든다. 간 기능 수치가 이별의 사유로 제시된 사례는 연애 경력 11년 만에 처음이기 때문이다.

지난 3주 동안 매일 만났던 방사선과 의사는 자신의 진짜 사명이 '출감자들의 갱생을 돕는 일'이라면서 아내에게 위자료를 지급해야 하니 같이 한탕 하자고 제안한다. 의사와의 약속 전화를 받는 순간 새로운 연애를 결심한 화자는 얄궂은 밤의 만남이 '우주적인 도킹'이거나 '와인과 치즈의 궁합'처럼 '환상적인 만남'일 수도 있다고 생각한다. 하지만 화자를 거쳐 간 남자들이 화자에게 진력을 냈던 이유는 화자가 만남에 지나친 의미를 부여하고, 질기게 매달리며, 되풀이되는 고백과 확신을 선호하기 때문이다. 그러다 보니 상대가 쉽게 질리게 되고 자신도 지친다. 3주 동안 거의 매일 만난 그에게 '왜 부인과 헤어졌느냐'고 묻자 도를 닦듯 서로 손만 잡고 보니 진짜 아내를 찾아야겠다는 생각이 들었다는 답변이 돌아온다.

그러나 오늘 약속 장소에 '닥터 반의 아내'라는 여인이 다가온다. 여자는 본론만 말하겠다면서 새로운 길을 모색하기 위해 이혼도 결심하고 숙려 기간 동안 새로운 사람을 만나보았지만, 결론이 성급했다고 전한다. 새로운 단계로 점프하기 위한 혼돈의 시간이 필요했다는 것이다. 결국 '와인과 치즈의 로맨스'가 '어떤 부부의 새로운 삶을 위한 들러리'로 전락하게 된 셈이다. 더 이상 서로의 성적인 무능을 문제 삼지 않기로 했다는 의사 아내는 '고맙고 미안하다'는 남편의 말까지 전하며 떠난다. 수많은 이별을 치렀지만 애인의 아내가 와서 정식으로 브리핑을 한 경우는 처음이라 화자는 기분이 참담하다. 하지만 화자는 자신이 아버지의 외주 제작품이며, 화자의 생모가 화자를 낳은 지 2개월 만에 핏덩이를 버리고 떠났다는 사실을 알게 된다. 멧새 같은 어머니가 화자를 받아들여 길러준 것이기에, 남녀 간의 사랑에 대해 기존에 화자가 지녔던 상식과 가치가 전복되고, '낳은 정'보다 넓고 큰 '기른 정'의 깊은 사랑을 체감하게 된다.

「나의 바나나 통조림」은 30대 여자의 연애 편력기를 다루고 있지만, 결론적으로 배다른 딸을 잘 키워낸 어머니의 사랑을 확인하며 '반전 서사'를 확인한다. 남녀 간의 사랑을 넘어서는 계모의 양육이 두렵고 큰 진정한 사랑임을 체감하며 무조건적이고 헌신적인 이타심이 '큰 사랑'의 실체임을 확인하는 것이다.

「인터미션」 역시 36세 간호사 화자와 34세 음반 가게 사장 P 사이에서 벌어지는 관계의 원근감 속에 사랑과 이별의 변주곡을 연주한다. 34세의 P는 작년 새해 첫날, 자동차 사고로 좌측 발목의 골절상을 입고 응급실에 실려 온 환자인데, 예의 바르고 세심한 성격이다. 화자가 선물로 받은 상자에는 '권 샘은 춥고 아픈 나를 온전하게 덥혀준 스토브입니다' 라며 감사 카드가 담겨 있는데, 짠지처럼 피곤에 절어있던 화자에게 '고함량의 에너지 드링크 처방'처럼 느껴진다. 그는 여중 인근에서 '뮤지카'라는 레코드가게를 운영하는데, '음악은 문맹의 가슴에도 웅덩이를 판다'는 글을 좋아한다며 음악의 저력을 믿는다고 말한다. 퇴원하는 날 P는 사지선다형의 답안지 같은 〈모짜르트〉, 〈플라치노 도밍고〉, 〈엑소〉, 〈이문세〉등의 발라드 CD를 선물하면서, '내 정직한 호흡과 맥박도 함께 전합니다.'라는 카드 내용을 함께 전한다. P가 전속력으로 화자에게 달려오자, P는 36년 화자 인생의 심장 제세동기가 된다. 멈춰있던 화자의 심장에 전류를 흘려보내 소생술을 시도하는 것이다. 더구나 '권 샘과 이야기를 하면 맨살로 숲길을 걷는 것 같아요. 마음의 열이 내리고 평온해져요. 영혼이 숙성되는 느낌이랄까'라며 사람의 목소리가 영혼의 숙성에 간여한다는 말과 함께, 잠들기 전 듣고 싶은 곡이 화자의 목소리라는 말에 감동을 받는다.

하지만 얼마 전 고해성사하기 딱 좋은 날이라면서 P는 자신에게 유쾌하지 못한 전과가 있다며, 3년 전에 이미 결혼한 사실과 지난달 이혼을 마무리한 사실을 고백한다. '기혼죄'는 화자에게 절망적인 죄목으로 느껴지지만, 그가 자신의 인생을 사과하고 유턴 타이밍도 솔직히 조언하자, 오히려 화자는 유턴할 타이밍을 놓친다. 그날 밤 그는 두 번째 고해성사를 하는데, 완전히 부서져야 재건할 수 있다는 사실을 알았다면서 '아주 많이' 사랑한다고 전한다. 화자는 '아주 많이'라는 경박한 품사에 감동하며, 11월에 태어나 사람들이 고독한 체질을 선물 받았다고 생각한다. 이후 P와 화자 사이에는 자주 암전이 발생한다. P의 전화가 드물어지는 가운데, 어머니의 상태가 나빠졌다면서 요양원으로부터 전화가 온다. 요양원에 도착하여 4인실에 혼자 있던 어머니의 모습을 확인하자, 얼굴이 두려움과 공포에 질린 채로 화자에게 '영선 씨'라고 호명한다.

"미안해. 잘못했어. 난…… 난, 못 들었어."
"엄마, 영선 씨는 뭐고 지금 누구한테 말하는 건데?"
"넌 진짜 죽으려고 약을 먹었어. 늘 죽고 싶다고 했으니까. 깜깜한 마당에 서 있는 내게 신호를 했지, 마루문을 두드리며, 살려달라고……."
"도대체 무슨 소리야? 뭘 못 들었다는 거야?"
"아니, 못 들은 척했어. 너흰 죽어 마땅한, 남의 인생을 갉아먹는 해충이야."

–「인터미션」

화자는 어머니의 눈빛을 떠올리기 싫어서 밤마다 수면제를 먹고 잔다. 젊은 어머니가 아래채 여자의 얼굴에 검은 보자기를 뒤집어씌우고 사지를 억누르는 악몽을 꾸기 때문이다. 악몽을 떨쳐내기 위해 P의 단축번호를 누른 화자는 '우리 사이에 인터미션이 필요하다'는 뜻을 전한 지 40일 만에 통화를 시도한다. 화자는 이별이 마음을 한 겹 박피하는 듯한 통증을 제공하기 때문에 위궤

양의 증상과 흡사하다고 느낀다. 이때 "인터미션을 조금 연장해도 될까요?" 라고 화자가 묻자 2막을 위한 에너지 충전이라면 P 역시 찬성이라고 전한다. 새순 돋는 기척 속에 화자는 이별의 시그널에서 새로운 만남의 약속을 기대하게 되는 것으로 작품이 마무리된다.

「인터미션」은 36세 처녀 간호사와 이혼남 34세 음반가게 사장의 관계의 소원함을 그리면서 '인터미션'이라는 막간을 활용하는 연애의 휴지기가 관계의 돈독함을 위해 필요한 단계일 수 있음을 추적한다.

4. 가족의 해체와 재구성 – 「바람의 집」과 「분갈이」

자본주의적 욕망이 일상화된 현대 사회에서 가정은 과거처럼 지속가능한 '안정 공동체'로서의 기능을 하기 어려운 장소가 된다. 언제나 해체와 재구성이 손쉬운 느슨한 결속 공동체로 전락되었기 때문이다. 그러나 그럼에도 불구하고 결과적으로 집안의 안정이 가족 구성원에게 마음의 평온을 가져오게 한다. 「바람의 집」은 이렇듯 해체된 가족의 재구성을 다룬 작품이다. 이삿짐을 부린 60세의 훈자는 10년 만에 만난 남편이 훈자의 이름으로 된 집문서를 내밀자 얼떨떨해진다. 60세를 넘긴 나이에 반지하 단칸방 신세를 면하게 된 사실에 감격한 것이다. 훈자는 늘 외톨이였지만, 반년 전 명수리에 자리잡은 뒤에 작은 변화가 생기면서 돌덩이 갔던 마음이 부드러워진다.

훈자의 기억은 20세 언저리에서 시작된다. 당시 삶의 중심이 었던 아버지가 돌아가시는 바람에 후처였던 어머니는 망연자실 하고, 이복오빠는 훈자의 결혼 문제를 물고 늘어진다. 이복오빠가 내세운 신랑감은 사고무친에다 훈자보다 5세 많은 부사관으로, 말이 없는 대신 웃음이 넉넉한 사람이었다. 하지만 40여 년 전 초야를 치른 신랑이 새벽에 말 한마디 없이 사라지자 집안이 발칵 뒤집힌다. 남편은 "조신하나 어딘가 젠체하는 새색시며, 덤으로 받은 것이 확실한 장모 또한 감당이 안 되었어. 앞일을 생각하니 오금이 딱 굳더라고. 그래서 일단 몸을 피하고 본 거지." 라고 속내를 나중에야 털어놓는다. 남편의 인생 자체가 무책임과 줄행랑의 연속이었던 셈이다.

남편은 구기자술을 몇 잔 들이켜더니 자신의 바람병이 환장할 노릇이었다며 가정이 '꼼짝없는 징역살이'였다고 고백한다. 마지막엔 공동묘지에서 산역꾼 노릇을 했는데, 어느 날 밤 트럭이 뒤집혀 셋은 즉사하고 남편만 살아난다. 그때 훈자와 아들 대식의 얼굴이 떠오르자, 미안한 마음에 돌덩이 하나를 집어 들어 자신의 발을 내리찍은 뒤 발가락 세 개를 잘라내게 된 사실을 고백한다. 그 보상금으로 묏자리 하나를 건졌다며 그곳이 자신이 묻힐 곳이라고 훈자에게 전하는 것이다. 훈자는 자신의 발가락이 부러진 것처럼 온몸이 저릿해진다. 남편의 얼굴이 지난 잘못에 대한 진심 어린 부끄러움처럼 여겨지면서, 공동묘지가 그의 스승이 된다. 훈자는 남편과 화해하고, 그녀의 마음에는 남편에 대한 사랑이 자리한다. 이제 '각방살이'에서 '한방 살이'로 잠자리를 옮기면서 남편의 잠꼬대가 많이 누그러지는 등 훈훈한 노년의 풍경으로 작품이 마무리된다.

「바람의 집」은 60대의 훈자가 10여 년 동안 소식이 끊어졌던 남편과의 재회 이후 과거 삶을 회상하는 내용이다. 남편의 도피 이후 다시 돌아오기까지 훈자가 나 홀로 고생하지만 뒤늦게 농촌에서 서로의 진심을 확인하며 정상적인 부부생활을 회복하는 내용이다. 「분갈이」에서도 이모 손에서 자라던 여중생 화자가 고교생이 되면서 친아버지와 새로운 삶을 기대하게 되는 내용을 통해 해체된 가정의 일상과 함께 새로운 가족 구성을 희원하는 내용이 그려진다.

「분갈이」의 화자는 달변과 되바라진 말투를 지닌 여중 3학년생이다. 그녀의 언행에 대해 친구 윤서는 '악어 이빨', 무식한 삼촌은 '마구잡이 책읽기의 부작용', 유식한 작은 외숙모는 '부모의 굴절된 결혼생활이 아이의 언어 발달에 끼친 괄목할 만한 증거'라고 평가한다. 하우스메이트인 이모 역시 '불균형한 성장의 샘플'이라면서 어휘 구사력에 비해 미숙한 15세의 몸을 꼬집는다.

학습지 교사였던 엄마와 일식 요리사였던 아빠는 이틀이 멀다 하고 다툰다. 화자에게는 6백 가지가 넘는 파스타 디자이너가 되거나 패션 디자이너가 되는 꿈이 있었지만, 엄마와 아빠가 이혼하면서 꿈이 날아간다. 5년 전 아빠가 먼저 집을 나갔고, 엄마도 1개월 뒤 큰외삼촌이 있는 캐나다로 떠났다가 2개월 뒤 재혼한다. 그때부터 화자는 학교를 땡땡이치고 만화방과 피시방을 전전하며 몽유병 의심 증세로 식구들을 괴롭힌다. 그러다 이모가 '김사라 꽃집'을 차려 화자를 데리고 꽃집 상가아파트로 4년 전에 이사한다. 화자는 학급에서 '유머의 강자'고 동아리 활동도 적극적이어서 남자 친구도 많다. 재석은 중3 남자 친구인데, 남자 친구를 사귀는 것은 요리와 비슷하다. 좋은 재료를 골라야 하고, 물과 불과 간 조절이 정확해야 한다. 이모는 화자의 이상 행동을 전부 애정 결핍으로 몰아가지만, 화자는 마음이 울적할 때면 고기가 당긴다. 외로움이 지용성脂溶性이라고 생각하기 때문이다. 화자는 꿈에 엄마를 마주한 날은 종일 기운이 없는데, 그리움과 체증의 증상이 가슴이 답답하다는 점에서 비슷하게 느껴진다.

하지만 5년 만에 나타난 아빠로 인해 외할머니를 통해 엄마가 5년 전에 교통사고로 세상을 떠났음을 알게 된다. 이제는 달라진 아빠가 삼촌네 분식점의 주방 일을 맡게 되면서, 화자는 고등학교를 배정받으면 이모 집을 떠나 아빠와 같이 살 작정을 하게 된다. 화자는 하루에도 몇 번씩 마음이 캐나다 단풍나무숲에 쌓인 엄마의 묘지로 달려간다. 이미 오래 전에 깨어진 가족이지만 기억 속의 사진은 그대로여서 마음이 아프고, 엄마가 없는 삶은 절뚝거릴 수밖에 없기 때문이다.

이렇듯 「분갈이」는 되바라진 여중생의 시선으로 구어체 문장을 활용하여 이혼 가정의 일상을 다룬다. 꽃집의 이모와 동거하는 화자는 엄마가 캐나다에서 재혼 후 사망한 사실을 알게 되고, 아빠와의 새로운 삶을 '분갈이'로 비유하며 새로운 생의 2막을 기대하는 것이다. 다만 그 기대가 제대로 성취되기는 어려울 것이다. 왜냐하면 결과적으로 '엄마 부재'라는 결핍이 그 가정의 온기를 좌우할 수밖에 없기 때문이다.

5. '안개의 소리'를 후경화하는 그로테스크 스릴러 – 「안개 소리」

이번 작품집에서 가장 이질적인 작품에 해당하는 「안개 소리」는 '안개의 소리'가 장악한 도시를 배경으로 시종일관 음울한 분위기를 빚어내는 그로테스크 스릴러물이다. 작품 주인공인 경찰 '그'에게 이 도시의 안개는 가장 흔한 기상 현상이지만, W시로 발령받은 지 4개월이 지났음에도 불구하고 여전히 서먹한 사이처럼 납득할 수 없는 불길함을 느낀다.

그는 술집이나 시장통뿐만 아니라 사람들의 눈 속에서도 안개를 목격하는데, 현장에서 검거된 피의자들은 놀랄 만큼 태연자약하고, 처음부터 죄의식이나 후회를 느낄 수 없도록 설계된 존재처럼 보인다. 안개가 인간의 의식까지 잠식한 것처럼 보이는 것이다. 그는 안개 속에서 '킬, 킬, 킬'거리며 들려오는 톤을 한껏 낮춘 조소와 비아냥거림으로 터질 듯 음흉한 웃음소리를 찾아낸다. 그 소리가 그의 머릿속으로 스며들면, 몸 밖의 소리가 아니라 몸 안의 절규처럼 그의 감각을 두드려 깨우며, 갑자기 알 수 없는 분노가 그의 온몸을 떨게 한다. 더구나 이틀 전 이비인후과 병원을 찾아가서 '선지 비린내' 등의 냄새에 대한 고통을 토로하지만, 의사는 '냄새가 그의 머릿속에 있다'고 진단한다.

그의 아내는 이삿짐 박스 옆에 겁먹은 벌레처럼 잔뜩 웅크린 모습으로 잠들어 있다. 눈두덩에 바른 푸른 섀도 때문에 아내의 얼굴은 파리하고 고달파 보이고, 아내의 기괴한 얼굴을 볼 때면 무덤 속에 함께 누워 있는 듯 섬뜩해진다. 아내는 매우 비밀스럽고 자폐적인 눈을 가지고 있지만, 말이 없는 대신 잘 웃었기에, 웃음이 관계의 만능키이자 가장 깊은 대화라는 사실을 깨닫게 된다. 어느 날부터 후각이 둔감하던 아내가 갑자기 냄새에 예민해지면서 식탐이 자취를 감춘다. '깨끗한 게 무섭다'던 아내의 얼굴이 하루가 다르게 초췌해져 가면서 노골적인 병색이 드러나는 것이다. 이후 아내가 임신했다고 오해하고, 아내가 아이를 낳지 않겠다는 말을 환청으로 듣는다. 이때 아내의 얼굴에서는 의혹과 두려움이 지나가고, 무심한 입술과는 달리 눈에서는 이상한 광채가 번뜩인다.

> 눈을 뜨니 이상하게 그는 부엌 바닥에 누워있었다. 축축한 목덜미와 뺨으로 흘러내리는 액체에서 선지 비린내가 났다. 그를 여러 날 괴롭히던 바로 그 냄새였다. 그는 당황해서 몸을 일으키려 했다. 그러나 어쩐 일인지 몸이 전혀 움직여지지 않았다. 아내의 모습이 흐릿하게 보였다. 경찰봉을 한 손에 쥔 아내가 기묘한 표정으로 그를 내려다보고 있었다. '킬, 킬, 킬' 머릿속에서 안개 소리가 들렸다.
>
> ―「안개 소리」

결국 아내가 국수를 삶아 배추겉절이와 함께 먹는 모습을 보며, 그는 불길한 감정을 느낀다. 그러다 의자에 발이 걸려 넘어진 뒤, 부엌 바닥에서 선지 비린내를 맡게 된다. 그때 경찰봉을 한 손에 쥔 아내가 그를 내려다보면서, '킬, 킬, 킬' 하는 안개 소리가 머릿속에서 들려온다. 이후 '그의 아내'가 지구대 사무실로 짙푸른 멍이 든 채로 찾아와 두 건의 살인사건 증거물을 제출한다. 여자는 지적 장애가 있는 듯하지만, 피 묻은 경찰봉을 한 손에 꼭 쥔 채 고자질하는 어린애처럼 의기양양하게 웃고 있는 모습으로 작품이 마무리된다.

6. 만남과 이별의 역설

유애숙의 『밤의 가스파르』는 독자에게 만남과 이별의 교향악을 선사한다. 첫째로 '과거를 오늘로 소환하는 텍스트'에서는 과거와 현재의 대화 속에 사후적 애도를 마무리하고 '따뜻한 온기'를 기대하는 모습이 드러나거나(「밤의 가스파르」), 과거에 이별했던 연인의 초라한 현재를 풍자적으로 조망하며 과거적 이별에 화룡점정의 마침표를 찍기도 한다.(「당신의 오후」) 둘째로 '실패와 성공의 연애담'에서는 '연애의 실패'에서 관계의 실패를 자인하면서도 더 큰 사랑의 실체를 깨닫기도 하며(「나의 바나나 통조림」), 진정한 연애의 성공을 위해서는 때로 '연애 휴지기로서의 막간'이 필요하다는 사실을 확인하기도 한다.(「인터미션」) 셋째로 '가족의 해체와 재구성'에서는 10여 년 만에 '한방 살이'로 재회한 부부의 속내를 확인하며 해체된 가정의 안정적 복원을 기대하기도 하고(「바람의 집」), 부모의 이혼(엄마의 사망) 이후 되바라진 여중생이 부친과의 2인 가족 재구성을 기대하는 모습으로 그려지기도 한다.(「분갈이」) 때로 우리네 일상이 짙고 음험한 안개의 포로가 되어 충동적으로 분노 조절 장애가 생겨날 수도 있지만(「안개 소리」), 만남과 이별의 다중주 속에 조심스럽게도 실낱같은 온기의 기대를 표명할 수도 있다. 결과적으로 작가는 인간관계가 지닌 '따뜻한 온기'에 기대고 있는 셈이다.

만남은 이별을 전제로 의미가 깊어지고, 이별은 새로운 만남을 통해 관계의 본질적 의미를 각인하는 효과가 있다. 그러므로 만남과 이별은 동전의 양면이다. 어느 한 쪽이 없다면 다른 한 쪽 역시 의미가 부재할지도 모르기 때문이다. 실상 인간세계의 인연이란 동전의 양면이기보다는 '뫼비우스의 띠'이거나 '클라인 씨의 병'일지도 모른다. 만남 안에 이미 이별의 징후가 포착되어 있으며, 이별 속에 새로운 만남을 잉태하는 씨앗이 들어있기 때문이다.

약 100년 전 만해 한용운의 시 「님의 침묵」(1926)이 선구적인 텍스트일 수 있는 이유는 다른 데에 있지 않다. '색즉시공 공즉시색'으로 이루어지는 사람살이의 인연을 시적 역설로 잘 포착하여 의미화하고 있기 때문이다. 님은 떠났으나 아직 떠나보내지 못한 주체가 존재할 수 있으며, 새로운 님을 물색하기 위해 다양한 타인을 암중모색하는 주체가 있을 수도 있다. 인간들의 삼라만상이 만남과 이별 속에 만다라 같은 인연의 꽃을 피고 지게 하는 것이다. 만해의 「님의 침묵」처럼 유애숙은 '사랑하는 나의 님은 갔'지만, '걷잡을 수 없는 슬픔의 힘을 옮겨서 새 희망의 정수박이에 들어부'으면서, '님을 보내지 아니'한 상태로 '사랑의 노래'가 '님의 침묵을 휩싸고 도'는 진경을 펼쳐 보이고 있다. 그러므로 '소설판 『님의 침묵』'이 『밤의 가스파르』가 된다. 현대인의 일상성의 세계에서 지속되는 만남과 이별의 변주가 '역설의 서사학' 속에서 다층적인 지형도를 선사하고 있는 것이다.

밤의 가스파르

초판 1쇄 인쇄일 • 2022년 5월 20일
초판 1쇄 발행일 • 2022년 5월 25일

지은이 • 유애숙
펴낸이 • 임성규
펴낸곳 • 문이당

등록 • 1988. 11. 5. 제 1-832호
주소 • 서울시 성북구 동소문로 65-2 삼송빌딩 5층
전화 • 928-8741~3(영) 927-4990~2(편)
팩스 • 925-5406

전자우편 munidang88@naver.com

ISBN 978-89-7456-543-5 03810

값은 뒤표지에 표시되어 있습니다.